*L*es Cinq
et le trésor du pirate

chapitre 1

Au manoir Kerio

— Un peu plus de nerf, Mick ! Souque dur ! lance Claude en forçant elle-même sur les avirons.

— Ne t'en fais pas, ma vieille ! Nous ne serons pas en retard, si c'est ce que tu crains.

Le *Saute-Moutons* s'éloigne rapidement de l'île de Kernach où Claude, ses cousins et Dagobert viennent de pique-niquer dans un cadre sauvage. Il n'est pas loin de deux heures de l'après-midi. François, assis à l'arrière, gouvernail en main, consulte sa montre sous l'œil inquiet d'Annie.

— Non, confirme-t-il. Nous ne serons pas en retard, surtout si vous continuez à ramer à cette allure. Tante Cécile nous a recommandé

d'être prêts à trois heures. Le temps de rentrer, de faire un brin de toilette et de nous habiller correctement… nous y arriverons !

— Je l'espère bien ! s'écrie Annie. Sinon, cela contrarierait tantine. C'est si gentil à elle de nous emmener là-bas !

Sans doute « là-bas » désigne-t-il un endroit agréable car la petite fille est, d'avance, toute rose de plaisir. François sourit devant l'enthousiasme de sa jeune sœur.

— Cela t'amuse tant que ça, d'aller visiter ce vieux manoir croulant ?

— Je pense bien ! s'écrie Annie. Il contient un tas de choses très intéressantes… peut-être des poupées vêtues à l'ancienne mode ! ajoute-t-elle, pleine d'espoir.

Mick pouffe de rire, sans pour autant cesser de ramer.

— Des poupées ! Chez cet ours solitaire d'Hervé Kerio ! Tu rêves, ma petite. Le propriétaire du manoir, un vieil original, vivait seul dans sa tanière et passait son temps à contempler la mer, à lire et à relire ses vieux bouquins, à collectionner les armes et les monnaies sans se soucier des rats qui rongeaient les pieds de ses meubles. Il n'y a jamais eu d'enfant chez lui. Sans famille, il ne laisse pas d'héritiers.

— C'est même pour ça que tous ses biens vont être vendus aux enchères, précise Claude. Et comme maman adore les antiquités, elle assistera à la vente. En attendant, les acheteurs éventuels ont le droit d'aller visiter le mobilier qui doit être dispersé : elle ira se rendre compte sur place.

— Je suis contente qu'elle nous permette de l'accompagner, déclare Annie. Moi aussi, j'aime les anquitiqués.

— Antiquités, nigaude ! rectifie Claude en riant. Mais Mick a raison. Tu ne verras aucune poupée là-bas. Ce n'est pas le genre d'objet qu'affectionnait Hervé Kerio.

— Nous arrivons ! annonce François. Doucement pour l'accostage !

— Ouah ! fait Dago.

Et, tout joyeux, il se lance à l'eau sans attendre.

Tante Cécile – Mme Dorsel, la maman de Claude – gare sa voiture devant le manoir Kerio. Les quatre cousins et Dag se hâtent de descendre. Le manoir, quoique mal entretenu, a encore bel aspect.

Attirés par la réputation de collectionneur d'Hervé Kerio, qui vient de mourir à un âge très avancé, plusieurs amateurs d'antiquités circulent déjà dans la vénérable demeure

9

afin d'y faire leur choix à l'avance. Le petit groupe se joint à eux.

Tout de suite, Mme Dorsel repère des vitrines où s'entassent des verres en cristal et de la vaisselle ancienne.

— Vous pouvez aller de votre côté, dit-elle aux enfants. J'en ai pour un bon moment à regarder et à prendre des notes.

Claude, François, Mick et Annie ne se le font pas répéter. Sans se presser, ils explorent les différentes pièces du manoir, admirant au passage une collection d'armes blanches et de pistolets, des tabatières et quelques beaux étains. Annie s'est fait une raison : pas la moindre poupée à espérer là-dedans ! Dag s'intéresse au bas des portes et aux pieds des meubles où flottent des odeurs de rats et de souris. Claude, passionnée de vieux livres, demande à l'un des surveillants de l'exposition où se trouve la bibliothèque.

— Là-haut ! indique l'employé en montrant l'escalier en spirale qui donne accès à la partie supérieure d'une tour d'angle.

Les Cinq se mettent à grimper et débouchent dans une vaste pièce où, sur des rayonnages, s'alignent des livres reliés pleine peau, mais malheureusement assez abîmés pour la plupart.

— Regardez cette rangée ! s'écrie soudain Claude. Rien que des bouquins des XVIIe et XVIIIe siècles ! Et tous concernant des aventures de mer !

— Vous pouvez les feuilleter, dit le gardien du lieu, mais avec précaution.

Deux autres amateurs de livres tournent déjà, pleins de respect, les pages des vieux livres. Mick donne un coup de coude à sa cousine :

— As-tu vu celui-ci ? souffle-t-il. Quel titre prometteur ! *La Vie aventureuse d'Yves Bellec.* Je me demande qui était ce bonhomme !

Un monsieur qui se trouve près des enfants leur sourit.

— Yves Bellec, explique-t-il, était un pirate célèbre du XVIIe siècle. Natif de la région, et je crois bien de Kernach même, il arraisonnait jadis les bateaux espagnols chargés d'or.

— Je me rappelle à présent, dit François, qu'oncle Henri nous a parlé de lui un jour. Bellec avait accumulé un butin fantastique, mais il l'a si bien dissimulé que personne n'a jamais pu le retrouver.

— Tout cela, c'est de la légende ! conclut le monsieur.

Mais son air blasé ne peut doucher l'enthousiasme de Mick. Comme Claude, il se

passionne pour les aventures de mer, surtout quand elles ont pour héros des pirates ou des corsaires.

— J'accompagnerai tante Cécile à la vente, jeudi prochain, décide-t-il aussitôt. Et j'essaierai d'avoir ce livre !

Mme Dorsel ne fait aucune difficulté pour emmener de nouveau les enfants avec elle, le jeudi suivant. Après tout, ils sont en vacances et cette vente aux enchères est une distraction instructive. Claude et Mick, en vue d'acquérir *La Vie aventureuse d'Yves Bellec*, ont réuni leurs économies. François et Annie doivent arrondir la somme si c'est nécessaire.

La vente est sans histoire et Mick, qui a repéré le bouquin convoité dans un lot de livres plus ou moins abîmés, acquiert facilement le tout pour une somme modique.

Tout le monde rentre triomphant aux *Mouettes*, la villa des Dorsel : tante Cécile avec un magnifique service de verres et les enfants avec leur carton de livres.

Quand ils arrivent, la fidèle Maria annonce :

— Le goûter est servi. Et il y a des beignets tout chauds.

Contrairement à leur habitude, les enfants engloutissent hâtivement leur collation. Ils sont impatients d'examiner de près leur acquisition.

C'est au grenier que les Cinq se réunissent pour ouvrir leur carton de livres. L'inventaire ne révèle rien d'intéressant, à l'exception du récit, au titre alléchant, sur Yves Bellec.

— Dommage que la couverture soit aussi déglinguée ! fait remarquer François.

— Elle a déjà été réparée, constate Annie, mais de façon très grossière. Le cuir se soulève par endroits.

— En tout cas, ce truc-là est plein de choses intéressantes, dit Mick en feuilletant le volume.

— Et c'est bourré de jolies illustrations, ajoute Claude. Regardez. Voici Bellec le pirate s'élançant à l'abordage d'un galion espagnol !

— Ouah ! Ouah ! fait Dagobert.

Le chien n'est pas content. Les enfants regardent avec un intérêt évident quelque chose qu'il ne peut voir. Il se sent exclu du jeu et proteste à sa manière.

— Qu'est-ce que tu ferais de ce livre, Dago ? s'écrie Claude en riant. Tu ne sais pas lire ! Il est vrai qu'on peut toujours te montrer les images…

Et, gamine, elle fourre le bouquin ouvert sous le nez de Dago. Le chien remue la queue de satisfaction. Sa truffe renifle les feuillets

poussiéreux. Flairant une vague odeur de rat, il pousse un « ouah » belliqueux et, avant que Claude puisse deviner son intention, attrape le livre à pleine gueule et le secoue comme il le ferait d'un rongeur.

— Dag ! Arrête ! Tu es fou !

Mick se précipite, mais Dag ne consent à lâcher prise que lorsque Claude le lui ordonne avec force. Encore s'y résigne-t-il à contrecœur. Mick ramasse *La Vie aventureuse d'Yves Bellec* et soupire :

— Eh bien, Dag, tu l'as mis dans un drôle d'état !

C'est vrai. Déjà bien mal en point, l'épaisse couverture du livre, à présent, achève de se détacher.

— C'est ma faute, reconnaît Claude. Je n'aurais jamais dû faire renifler ça à Dago.

Mick lisse de l'index le cuir déchiré.

— Tiens ! fait-il soudain. C'est bizarre. On dirait que cette couverture a été creusée dans l'épaisseur, intérieurement. Regardez ! La doublure se décolle et… il y a quelque chose de caché dessous !

chapitre 2

Le livre précieux

Annie se penche sur le livre et, du bout de ses doigts fins, réussit à extirper l'objet que recèle l'étrange cachette. Il s'agit de minces feuillets, du genre papier pelure, étroitement comprimés.

— Doucement, Annie ! recommande François. Ne les déchire pas.

Il prend les feuillets avec précaution et les étale sur le dessus d'une vieille malle.

— On dirait une sorte de journal ! constate Mick.

— Écrit au stylo-bille, ajoute Claude, déçue. Ça prouve que ce document n'est pas tellement ancien.

— En effet ! C'est Hervé Kerio qui l'a rédigé, annonce François en parcourant

15

rapidement des yeux le manuscrit. Ah… je comprends pourquoi il l'a fourré dans *La Vie aventureuse d'Yves Bellec*.

— Pourquoi ! demande Mick, impatient.

— Tout bonnement parce que ses notes concernent uniquement le fameux pirate !

— Montre ! s'écrie Claude en bondissant.

Elle arrache presque les feuillets à François et, à son tour, les parcourt.

— Mais c'est vrai, ça ! s'exclame-t-elle. Attendez ! Je vais vous lire à haute voix la prose du défunt châtelain.

Tandis que ses cousins s'installent commodément autour d'elle, elle commence sa lecture.

— « Je viens de parcourir une fois de plus *La Vie aventureuse d'Yves Bellec*. Il est amusant que moi, Hervé Kerio, je sois un descendant de ce célèbre écumeur des mers. Cependant, c'est ainsi. Il est plus curieux encore que le hasard m'ait mis en possession du secret de cet ancêtre peu banal. Déjà, enfant, je me repaissais du récit de ses aventures. Mais c'est seulement dimanche dernier, en faisant tomber le livre, que j'ai découvert, sous la couverture décollée, le parchemin révélant l'existence du trésor… »

Claude s'interrompt, les yeux ronds.

— Le trésor ! répète-t-elle. Ce ne serait donc pas une légende ?

— Vite ! Lis-nous la suite ! ordonne Mick d'une voix pressante.

— Vite ! disent en chœur François et Mick.

Dag lui-même semble attentif aux révélations posthumes d'Hervé Kerio. Claude respire un grand coup et reprend :

— « Sur le moment, je me suis demandé ce que pouvait signifier le plan dessiné sur l'une des faces, un plan comportant des repères. Mais l'autre face du morceau de parchemin portait ces mots : "Moi, Yves Bellec, ai dissimulé, dans la région côtière de Kernach, le gros de mes richesses, en un endroit connu de moi seul. Je trace le plan de la cachette au dos de ce parchemin dont mon fils Loïc héritera après ma mort." »

Une triple exclamation désolée interrompt Claude.

— Flûte ! Loïc aura tout raflé !

— Adieu, le trésor !

— C'était bien la peine de nous allécher ainsi.

Claude lève la main pour réclamer le silence.

— Attendez un peu. Les confidences d'Hervé Kerio ne s'arrêtent pas là. Voyons ce qu'il a encore à nous apprendre. Je continue :

« Je suis resté longtemps, le parchemin devant moi, à méditer. À la mort de Bellec, Loïc avait-il récupéré le trésor ? Peu probable, et cela pour plusieurs raisons. D'abord, *La Vie aventureuse d'Yves Bellec* a paru deux ans après la mort du pirate. Ensuite, si Loïc avait utilisé le plan, il n'aurait pas pris la peine de le dissimuler dans le livre. Et si le précieux document est resté dans sa cachette jusqu'à nos jours, c'est apparemment que l'héritier de Bellec a disparu sans avoir eu le temps ou la possibilité de s'en servir. J'ai bien réfléchi à ce problème et, en compulsant des documents historiques, je crois avoir reconstitué à peu près correctement l'histoire. Quand Yves Bellec trouva la mort au cours d'un combat en mer, son fils avait vingt ans. Il était lui aussi pirate et mena une vie si active qu'il n'eut guère le temps, j'imagine, d'aller récupérer le trésor de son père. Les corsaires du roi lui donnaient la chasse et il ne lui était guère facile de revenir à Kernach. Voilà pourquoi, après avoir glissé le plan dans sa cachette, il n'eut pas l'occasion de l'en retirer. D'après mes calculs, il mourut à vingt-trois ans, sans postérité. »

Claude fait une pause. Comme elle, François, Mick et Annie sont très émus. Ce qu'ils entendent leur paraît à peine croyable

et, en même temps, leur laisse entrevoir des perspectives mirobolantes.

— La suite, Claude ! La suite ! réclame François.

Claude prend un autre feuillet :

— « Que puis-je conclure de tout ceci, sinon que le trésor de mon lointain ancêtre est toujours à l'endroit où il l'a dissimulé ? C'est plus que possible. Je crois même que c'est certain. Et alors ? Fort de cette conviction, vais-je me mettre à la recherche des richesses de Bellec ? Cela me serait aisé. Je n'aurais qu'à suivre les indications du plan. Mais je ne le ferai pas. Je suis vieux, perclus de rhumatismes, et sans le moindre enthousiasme pour me mettre en campagne. Quant à faire chercher le trésor, je ne veux me fier à personne. Du reste, je suis riche. Ma fortune est assez grande pour que j'éprouve le besoin de l'accroître encore. À quoi bon la cupidité ? Je vais laisser dormir le trésor d'Yves Bellec... »

— Ça, alors ! ne peut s'empêcher de s'exclamer Mick. Cet Hervé Kerio était vraiment un drôle de numéro. Renoncer à un fabuleux trésor à sa portée...

— Nous ne savons pas s'il est fabuleux ! rectifie François posément.

— Tu en parles au présent ! s'écrie Annie avec animation. Tu crois donc à son existence ?

— Bien sûr, qu'il existe ! tranche Claude avec assurance. N'empêche qu'Hervé Kerio était un fieffé original. Moi, à sa place…

— Mais qu'a-t-il fait du parchemin ? Il n'est pas dans la cachette ! déclare Mick dont le premier souci avait été d'explorer à fond le livre truqué… Sans résultat, hélas !

— Peut-être va-t-il nous le dire, répond Claude.

Et elle poursuit sa lecture :

— « Je pourrais toujours recourir aux richesses de mon ancêtre si la nécessité m'y obligeait. En attendant cette éventualité peu probable, je vais placer le parchemin dans une cachette plus sûre que ce livre… »

— Voilà bien notre chance !

— Ce type-là avait le don de compliquer les choses.

— Quel malheur !

— … « plus sûre que ce livre. Mais, comme il serait stupide que le trésor soit perdu si je venais à décéder, j'explique, en code, dans un des volumes de la rangée de livres anciens de ma bibliothèque – rangée dont *La Vie aventureuse* fait partie et qui concerne

uniquement des aventures maritimes – l'endroit où se trouve le plan manuscrit. Encore faut-il, pour déchiffrer mon message, utiliser un autre de ces livres, où se trouve la clé du code. Toute ma vie, j'ai eu le goût des énigmes. En voilà une que je pose… à qui acceptera de la résoudre. Lecteur, ta récompense sera belle… si tu parviens à la tirer au clair ! »

Claude se tait. Les confidences d'Hervé Kerio s'arrêtent là. Les enfants se regardent les uns les autres, comme au sortir d'un rêve.

« Eh bien ! » est tout ce qu'Annie trouve à dire.

— Quel vieil original ! soupire François. On peut affirmer qu'il ne facilite guère les choses.

— Pour être aussi tordu, il devait avoir le cerveau un peu fêlé, c'est sûr ! bougonne Mick.

— D'accord ! admet Claude. Mais quel héritage il lègue à qui saura dénicher le trésor de son ancêtre !

— Pourquoi pas nous ? jette Mick avec ardeur. Après tout, ces papiers sont une manière de testament qui nous concerne puisque nous avons acheté ce livre, de nos deniers, et…

— Et nous ne pourrons rien faire, tranche François de sa voix calme, tant qu'il nous manquera les deux autres bouquins mentionnés par Hervé Kerio. Nous n'en connaissons même pas le titre. Nous savons seulement qu'ils ont été acquis par d'autres amateurs de vieilleries, à la vente aux enchères.

— Quel malheur que nous n'ayons pas acheté toute la rangée des livres anciens ! murmure Annie.

— Les regrets ne servent à rien ! dit Mick. Mais, bah ! Il ne s'agit que de retrouver deux bouquins : celui qui contient le message codé et celui qui renferme la clé du code.

— Rien que cela, en effet ! souligne Claude, railleuse. Comme ce sera facile, alors que nous ignorons desquels il s'agit !

François réfléchit, sourcils froncés.

— Écoutez, dit-il au bout d'un moment. Je ne vois qu'un moyen… Commençons par le commencement et tâchons d'apprendre qui a acheté les autres livres de la fameuse rangée mentionnée par Hervé Kerio. La vente continue au manoir demain et après-demain : tapis, tentures, mobilier, etc. Nous n'avons qu'à retourner là-bas et nous informer.

— Nous informer de quoi ? demande Annie.

— Des noms des acheteurs, tiens ! répond Mick. François, es-tu sûr que le commissaire-priseur les aura notés ?

— Je n'en sais rien, mais je l'espère. Quand les amateurs achètent beaucoup de choses, ils paient par chèque. On pointe leur nom…

— Nous verrons bien sur place ! coupe Claude avec impatience. Si nous retournions à Kerio tout de suite ?

— Ça ne servirait à rien. La vente est finie pour aujourd'hui.

— Eh bien, tant pis ! Attendons demain.

Cette nuit-là, les Cinq – sauf Dag qui sommeille paisiblement – dorment plutôt mal. Ils rêvent de trésor introuvable et de listes d'acheteurs perdues. Mais, au matin, ils se retrouvent pleins d'espoir à la table du petit déjeuner.

— Dès que nous aurons fini, décrète François, nous prendrons nos vélos et nous filerons au manoir !

Ce qui est fait… Pendant les vacances, M. et Mme Dorsel laissent pleine liberté aux enfants. Leurs seules obligations sont d'être ponctuels aux repas et de toujours indiquer où ils se rendent.

Henri Dorsel, le père de Claude, est un savant qui passe le plus clair de son temps

dans son bureau et a besoin de silence pour travailler. Et tante Cécile entend contenter tout le monde : son mari comme les enfants. Aussi voit-elle sans déplaisir la troupe bruyante des Cinq s'éloigner sur la route blanche. Après quoi, elle retourne à ses occupations.

chapitre 3

Chasse au trésor

François, Mick et Annie pédalent ferme. Claude mène le train. Dag, heureux de l'échappée, court à côté d'elle. Il sait que, s'il en avait assez, il lui suffirait de pousser un ouah éloquent pour que sa jeune maîtresse mette pied à terre et l'installe dans le panier sans couvercle disposé à cet effet sur le porte-bagages. Là-dedans, M. Dag se tient comme un empereur romain sur son char !

Les Cinq ont tôt fait d'atteindre le manoir. Ils font halte dans la cour pavée, rangent leurs bicyclettes contre un mur et franchissent la voûte de l'entrée. La vente bat son plein. Mais, à la première pause, François se faufile auprès du commissaire-priseur. Celui-ci,

M. Bailly, est d'humeur aimable et écoute complaisamment la requête des enfants.

— Ah ! fait-il alors. Ces vieux bouquins reliés des XVIIe et XVIIIe siècles, bourrés de récits maritimes ? Vous avez de la chance. Je les ai particulièrement remarqués. Je me rappelle qu'ils étaient tous groupés sur un seul rayonnage.

Ici, Claude et ses cousins échangent un regard de triomphe : ils approchent du but !

— Eh bien, ils sont tous partis, oui. Vous avez acheté l'un d'eux et vous voudriez savoir où sont allés les autres ? Diable ! c'est bien difficile… *La Vie aventureuse d'Yves Bellec* était en si triste état que nous l'avons fourrée dans un lot. Les autres bouquins on été débités à part. Voyons, voyons ! Il y avait dix titres en tout, *Yves Bellec* compris. Cela ferait donc neuf acheteurs… Non ! Je me rappelle qu'il n'y en a eu que six !

Il fait une pause, paraît se concentrer, puis :

— Oui, oui, c'est cela ! Six personnes différentes ont acheté les neuf livres restants. Ah, jeunes gens ! Vous pouvez vous féliciter d'être tombés sur moi, qui possède une mémoire exceptionnelle.

François s'empresse de le complimenter d'être si doué et le remercie. Mais Claude,

que tout ce verbiage impatiente, lui coupe la parole :

— S'il vous plaît, monsieur, est-ce que votre mémoire vous permet de vous rappeler les noms de vos six acheteurs ?

Mécontent d'être bousculé, M. Bailly se fait moins aimable.

— Si vous croyez que je les sais par cœur ! répond-il d'un ton assez sec.

Annie, plus diplomate que sa cousine, dédie son plus beau sourire au commissaire-priseur.

— C'est que nous aimerions tellement racheter ces livres, monsieur ! Nous sommes des passionnés de la mer, ajoute-t-elle sans mentir.

M. Bailly lui rend son sourire et se radoucit.

— Attendez ! dit-il en fouillant dans sa poche. Parfois, je prends des notes et je crois bien me rappeler…

Dag, très intéressé et espérant voir apparaître un sucre, se poste devant le commissaire-priseur en frétillant de la queue. Mais la main de M. Bailly ne ramène qu'une poignée de morceaux de papier.

— Ah ! Voyons un peu… pas çui-là ! Pas çui-là ! Pas çui-là !

Les enfants ont envie de rire en voyant le brave homme faire un tri parmi ses gribouillis.

— Nous y voilà ! Il me semblait bien… Oui ! Vos six amateurs de bouquins habitent tous la région. Vous n'aurez qu'à aller les voir. Tenez, j'ai noté là leur nom, mais pas leur adresse. À vous de vous débrouiller, jeunes gens. Je vous souhaite bonne chance !

François, Mick, Claude et Annie remercient chaleureusement M. Bailly et, entraînant Dag déçu de n'avoir reçu aucune friandise, vont reprendre leurs vélos et s'éloignent à vive allure. D'un commun accord, ils tournent dans le premier chemin peu fréquenté qu'ils rencontrent et, faisant halte sous un grand pin, déplient la liste de M. Bailly et tiennent conseil.

— Commence par nous lire les six noms, François ! prie Claude.

— Eh bien, il y a là M. Sorbier, l'instituteur en retraite. Nous le connaissons de vue. Il a acheté deux livres. M. Séveno, le quincaillier de Kernach, en a aussi acheté deux. Guy Roudec, le fils du fermier de Rochebrune, un. Mlle Artois, la mercière, un. M. Mochu, un estivant, deux. M. Langre, le boulanger, un. Ce qui fait bien neuf livres en tout !

— Chic ! s'écrie Claude. Nous connaissons plus ou moins tous ces gens-là, sauf M. Mochu. Ce sera le plus malaisé à contacter.

— Mettons-nous en chasse tout de suite !
préconise Mick. Il y a loin d'ici au trésor que
nous guignons. Il est urgent de récupérer
tous ces bouquins.

— Je ne sais pas s'il nous sera possible de
les récupérer, comme tu dis, objecte François.
D'abord, il n'est pas certain que tous les acheteurs soient disposés à nous les revendre.
Ensuite, ils peuvent en demander une somme
supérieure à celle dont nous disposons.

— Dans ce cas, tranche Claude, nous nous
débrouillerons pour nous faire prêter ces
livres… ou tout au moins pour les examiner
à loisir.

— Ce sera peut-être difficile.

— Nous essaierons toujours. L'important,
c'est de mettre la main dessus au plus tôt.

— C'est exactement ce que je viens de
dire ! rappelle Mick.

Les jeunes détectives, pleins de fièvre, sont
impatients d'amorcer leurs démarches.

— Par qui allons-nous commencer ?
demande Annie.

— Par M. Sorbier, décide Claude. Il habite
une jolie petite maison verte et blanche, à
huit cents mètres d'ici à peine, sur la route
du bourg. On passe devant pour aller à
Kernach.

— En route ! s'écrie Mick en sautant en selle.

— En route ! acquiescent en chœur François, Claude et Annie.

— Ouah ! fait Dag, toujours ravi de galoper aux côtés de sa jeune maîtresse.

Un instant plus tard, les enfants filent sur la route à bonne allure… Bientôt, la villa de l'instituteur se profile sur leur gauche.

— M. Sorbier est chez lui ! annonce Annie qui a une vue perçante. Il est dans son jardin, à soigner ses rosiers.

Elle ne se trompe pas. Le retraité, un sécateur à la main, s'active derrière sa grille.

— Bonjour, monsieur ! dit Claude poliment en mettant pied à terre. Je suis Claude Dorsel. Je crois que vous connaissez mes parents ?

— Et je vous connais aussi, mon petit, ainsi que vos cousins. Dans un pays comme le nôtre, tout le monde connaît tout le monde.

Il sourit. Ses yeux vifs, pleins de bonté, pétillent dans un visage rond et rose. Avec ses cheveux blancs, en auréole, on dirait un vieil ange attardé sur terre.

— Alors, jeunes gens ! Vous venez admirer mes roses ?

— Elles sont magnifiques ! s'écrie Annie, sincère.

Très diplomate en dépit de son jeune âge, elle flatte ainsi le vieux monsieur tout en évitant une réponse directe à sa question. Le visage de M. Sorbier s'épanouit. Ouvrant le portail, il fait entrer ses jeunes visiteurs et leur fait les honneurs des roses qui embaument au soleil. Quand tous se sont extasiés, Claude n'y tient plus.

— Vos fleurs sont très jolies, mais notre visite a un autre motif, annonce-t-elle avec sa franchise habituelle.

— Ah, oui ?

— C'est-à-dire, explique Mick, que nous voudrions… heu… vous parler de deux livres que vous avez achetés hier à la vente Kerio.

Mick se tait, embarrassé, ne sachant comment définir leur démarche sans en trahir le motif secret. François vient à son secours. Souriant, d'un air aimable, il déclare :

— Vous savez, nous sommes passionnés d'aventures de mer. Hier, nous avons acheté un livre de la collection du manoir et, ce matin, nous sommes retournés là-bas dans l'espoir d'en trouver d'autres. Mais tous étaient déjà vendus…

Au passage, Claude admire l'habileté de son cousin qui, sans mentir réellement, expose la raison de leur visite de façon naturelle.

— On nous a dit, poursuit François, que deux de ces livres avaient été acquis par vous. Alors, nous avons pensé…

— Que vous consentiriez peut-être à nous les céder ou, tout au moins, à nous permettre de les lire, achève Claude.

M. Sorbier pose son sécateur.

— Ce n'est que cela ? dit-il avec bonté. Je n'aimerais pas me dessaisir de ces volumes qui me semblent intéressants, mais comme je n'ai pas l'intention de les lire tout de suite, je peux fort bien vous les prêter. Seulement, attention, jeunes gens ! Il faut me promettre d'en avoir grand soin !

— Vous avez notre parole ! affirme gravement François. Chacun de nous possède sa petite bibliothèque personnelle. Nous aimons les livres et nous les respectons. Avec nous, ajoute-t-il en souriant, vous n'avez à craindre ni taches de graisse, ni pages cornées, ni doigt mouillé pour tourner les feuilles !

— Dans ce cas, c'est parfait ! s'écrie gaiement l'ancien instituteur. Et, entraînant le petit groupe vers la maison, il ajoute : Venez ! Je vais vous donner ces livres !

Le bureau du retraité sent bon l'encaustique. Dans une grande bibliothèque vitrée s'entassent des bouquins de toute sorte.

D'autres s'empilent sur des rayonnages époussetés avec soin. Sur l'énorme bureau, devant la fenêtre, deux volumes aux reliures anciennes semblent attendre les enfants. Claude et ses cousins sentent leur cœur battre plus vite. Vont-ils découvrir, dans ces feuillets jaunis, le message d'Hervé Kerio et la clé du code ?

M. Sorbier tend la main et prend les deux livres.

— Voilà ! dit-il en les remettant à François. Les titres me paraissent alléchants ! *La Flibuste* et *Jean Bart*. Comme aventures de mer, vous allez être servis !

Les enfants remercient et promettent à nouveau d'avoir grand soin des volumes prêtés avec tant de gentillesse.

Puis, reprenant leurs bicyclettes, ils poursuivent leur route en direction du village.

— Nous avons encore le temps de faire une démarche avant de rentrer aux *Mouettes* pour le déjeuner, annonce François après un coup d'œil à sa montre. Une. Pas plus.

— Qui allons-nous voir, cette fois ? demande Mick.

— Pourquoi pas Mlle Artois, la mercière ? s'écrie Annie. Je la connais très bien. Nous sommes de vieilles amies, elle et moi !

chapitre 4

Message codé

Annie n'ayant pas encore tout à fait dix ans, le mot « vieille » semble un peu exagéré. Mais il est exact qu'Annie, qui a beaucoup de goût pour les travaux d'aiguille, est une fidèle cliente de la mercière. Elle lui achète de menus articles : fils de soie, ganses pour les robes de ses poupées, etc. Et Mlle Artois s'est prise d'affection pour la petite fille blonde dont la douceur et le joli sourire ont conquis son cœur.

— C'est vrai ! s'écrie Claude, qu'Annie et Mlle Artois sont amies ! Et je suis sûre, Annie, que tu sauras, bien mieux que nous, lui soutirer son bouquin.

— Soutirer ! Quel vilain mot ! réplique François en riant. Annie va tout simplement

exprimer à Mlle Artois son envie de lire le volume acheté à la vente.

— Je ferai de mon mieux pour l'obtenir ! promet Annie.

La petite troupe s'arrête devant la minuscule boutique de la mercière. François, Claude et Mick laissent Annie entrer seule, ce qui ne les empêche pas de surveiller le déroulement des opérations à travers la glace de la vitrine.

Annie s'avance, souriante, vers sa vieille amie.

— Bonjour, mademoiselle.

— Ah, c'est toi, ma petite Annie ! Que désires-tu, aujourd'hui ?

— Un crochet assez fin… pour tricoter un chapeau à ma poupée.

— Il sera réussi, j'en suis sûre. Tu as des doigts de fée, ma mignonne.

— J'aime bien les travaux manuels, reconnaît Annie. Mais je crois que je préfère encore la lecture… Il paraît qu'hier on a vendu beaucoup de livres aux enchères du manoir, ajoute-t-elle, faussement innocente.

— Je pense bien ! j'en ai même acheté un… Le titre m'avait tentée : *Bellerose.* Ne dirait-on pas le nom d'une princesse de légende ou d'une héroïne romantique !

J'adore les histoires sentimentales, moi. Eh bien, le croirais-tu, mon petit, il ne s'agissait même pas d'une jeune fille. Je l'ai compris tout de suite en feuilletant le bouquin...

Elle aligne plusieurs crochets sur son comptoir, pour qu'Annie puisse choisir, et enchaîne :

— Bellerose est – tu ne devinerais jamais ! – le nom d'un corsaire du XVIIe siècle. Est-ce assez ridicule ! Je te demande un peu... Bellerose pour un homme... un marin... un corsaire... et barbu par-dessus le marché !

— Un corsaire ! s'exclame Annie en prenant un air intéressé. Un corsaire ! Mais c'est passionnant, ça ! Et je parie que ce livre raconte ses aventures...

— Tu t'intéresses aux exploits de ces gens-là ? dit Mlle Artois, étonnée et déçue. Toi... qui joues encore à la poupée !

— Ça ne m'empêche pas d'adorer la mer et tout ce qui s'y rapporte ! affirme Annie. Oh, mademoiselle ! Si cela ne vous ennuyait pas... est-ce que vous pourriez me prêter *Bellerose* ?

Pour toute réponse, la mercière tire le bouquin du tiroir où elle l'a relégué et le pousse vers Annie d'un doigt dédaigneux, à travers le comptoir.

— Tiens, mon petit, dit-elle. Je ne te le prête pas. Je te le donne. Que veux-tu que j'en fasse ? Je ne le lirai pas.

— Oh ! merci, mademoiselle ! s'écrie Annie avec élan, je crois, moi, que je vais le dévorer.

— Ne va pas attraper une indigestion ! plaisante Mlle Artois. Alors, c'est ce crochet que tu choisis ?...

Annie règle sa petite emplette et échange encore quelques paroles avec la mercière. Dehors, devant la vitrine du magasin, Claude et ses cousins piaffent d'impatience.

— Elle a le livre sous le bras ! annonce Mick. Pourquoi diable perd-elle encore du temps en bavardage ? Ah ! La voici !

Annie, radieuse, sort de la boutique.

— Ce que tu as été longue ! lui reproche aussitôt Mick.

— Longue, mais victorieuse ! riposte la blondinette. Voici le livre. Et, si j'ai un peu tardé, c'est que j'ai pensé à poser une question importante à Mlle Artois.

— Laquelle ?

— Eh bien, nous savons où trouver les différents acheteurs des vieux livres, sauf un : M. Mochu. C'est un estivant. Nous ignorons où il loge.

— C'est vrai, ça ! s'écrie Claude. Et tu as songé à demander à Mlle Artois si elle connaissait son adresse ? Vrai, tu es drôlement futée !

— Je sais que Mlle Artois est au courant de tout ce qui se passe au village. Elle est bavarde comme vingt pies, et ses clientes ne le sont pas moins. Comme le faisait remarquer tante Cécile l'autre jour, sa boutique est « le dernier salon où l'on cause ».

— Elle t'a indiqué où nous pourrions trouver le cher homme ?

— Parfaitement. M. Mochu a pris pension chez un particulier. Il habite…

Annie consulte un bout de papier sur lequel la mercière a griffonné l'adresse :

— Au *Pavillon Bleu*, chez Mme Andral.

— Je vois où c'est, dit Claude. À l'extrémité du patelin, sur la route de Lannec.

— Bon ! Nous irons plus tard ! décide François. Pour l'instant, il est temps de rentrer. Et en vitesse, encore ! Il va falloir pédaler ferme si nous voulons arriver à l'heure du déjeuner. Vous savez qu'oncle Henri exige l'exactitude.

— Ouah ! fait Dag qui semble avoir compris.

Claude interprète le bref aboiement. Le chien ne tient pas à faire « à pattes » le trajet du

retour. Aussi l'installe-t-elle dans sa « corbeille réservée » et… en avant ! Les Cinq, une fois de plus, filent bon train sur la route ensoleillée.

Le déjeuner se passe sans histoires… à cela près que les enfants s'attirent quelques remontrances de l'oncle Henri parce qu'ils semblent ne pouvoir tenir en place. À vrai dire, les jeunes détectives sont impatients de se réunir au grenier pour voir ce que les trois livres récupérés « ont dans le ventre », selon l'expression de Mick.

Quand enfin ils peuvent grimper jusqu'à leur refuge, François déballe les deux livres remis par M. Sorbier et Annie celui que lui a offert la mercière. Un instant plus tard, on n'entend plus dans le grenier que le bruit de pages tournées et celui de gros soupirs. Dag lui-même, par contagion, sans doute, reste silencieux. Tour à tour, François, Claude, Mick et Annie explorent chacun des trois antiques volumes. Mais aucun d'eux n'arrive à rien découvrir d'insolite, soit dans la reliure, soit dans le texte ou même entre les lignes. À la fin, il faut se rendre à l'évidence : *La Flibuste, Jean Bart* et *Bellerose* ne recèlent aucun mystère.

— Échec total ! résume finalement Mick, terriblement déçu. Pas plus de message codé que de clé de code là-dedans !

— Ne nous décourageons pas ! réplique François. Il reste à examiner six livres encore.

— C'est-à-dire quatre acheteurs à contacter ! s'écrie Claude en bondissant sur ses pieds. Allons, ne perdons pas de temps. Remettons-nous tout de suite en campagne. Pour commencer, je propose de rendre visite à M. Mochu.

— En allant au bourg par un autre chemin que ce matin, dit Mick, nous pouvons être au *Pavillon Bleu* dans une demi-heure.

— En route, donc ! approuve Annie.

Dag est déjà au rez-de-chaussée.

Pavillon Bleu appartient à une ancienne épicière, Mme Andral. C'est elle qui répond au coup de sonnette de Claude.

— Vous désirez parler à mon pensionnaire ? Je regrette, mes enfants, mais M. Mochu est déjà parti se promener. Si vous voulez être sûrs de le rencontrer, revenez demain, vers midi. Il rentre toujours à l'heure juste pour déjeuner !

Claude et ses cousins remercient et tournent bride, un peu déçus.

— Nous reviendrons demain, déclare François. Il faudra emporter un pique-nique pour disposer de tout notre temps et ne pas rater ce monsieur.

— Entendu, mon vieux. En attendant, où tentons-nous notre chance à présent ? demande Mick.

— La ferme de Rochebrune n'est pas très loin d'ici ! dit Claude. Nous pourrions aller demander à Guy Roudec s'il consent à nous céder le bouquin qu'il a acheté à la vente.

— D'accord ! acquiesce Mick. Je connais bien Guy. C'est un chic type. Nous nous entendrons avec lui d'une manière ou d'une autre, c'est sûr.

La ferme des Roudec, moderne et fonctionnelle, se dresse à deux kilomètres de là. Par chance, Guy, le fils du fermier, est la première personne que les Cinq rencontrent en pénétrant dans la cour.

— Salut, Guy ! Comment va ?

— Très bien ! Et vous ? Ça fait plaisir de vous revoir au pays. Les vacances se passent bien ?

— Pas trop mal, admet Claude. Mais en prévision des jours de pluie, nous sommes à l'affût de lecture. En ce moment, les aventures de mer nous passionnent et nous avons appris que tu avais acheté un livre sur la flibuste au manoir Kerio.

— Tout juste ! Vous êtes bien renseignés ! dit Guy en riant. Et moi qui croyais que vous étiez venus me voir par amitié !

— L'un n'empêche pas l'autre ! affirme Mick, riant aussi.

Guy fait entrer ses amis dans la grande salle fraîche du rez-de-chaussée et offre du cidre à Claude et aux garçons, tandis qu'Annie se régale d'un grand verre de lait et Dago d'un bol d'eau… et d'un sucre. Quand tous se sont désaltérés et qu'on a bavardé un peu, Claude revient au but de leur visite : Guy peut-il leur prêter ou leur revendre son livre ?

— J'avoue, déclare Guy avec franchise, que *Pirates et corsaires* ne m'a pas emballé. C'est un résumé bien sec de la vie de ces messieurs, sans le moindre développement palpitant. Je ne suis pas allé jusqu'au bout. Comme je n'ai pas l'intention de le garder, je vous le cède bien volontiers au prix coûtant. Je ne l'ai pas payé cher !

Tout contents, les jeunes détectives règlent leur acquisition, remercient Guy et se retrouvent pédalant sur la route.

— Rentrons à la maison, dit François. Nous n'avons plus assez de temps pour continuer à prospecter aujourd'hui. Mieux vaut examiner ce livre et voir s'il cache un secret.

De retour aux *Mouettes,* les enfants s'enferment dans la chambre des garçons pour examiner *Pirates et corsaires,* sous l'œil intéressé

43

de Dag. Mais ils ont beau tourner les feuillets et étudier le texte, ils ne remarquent rien de particulier. Reste la reliure.

— Passons à l'autopsie ! décide Mick.

Aussitôt dit, aussitôt fait. Mick tire de sa poche un canif à lame mince et glisse adroitement celle-ci sous la doublure de la couverture. Avec précaution, il commence à la soulever. La colle est vieille, sèche. L'opération se fait sans mal. Alors, sous l'épais cartonnage, apparaît une feuille de papier pliée en quatre.

— Le message ! s'exclame Annie, les yeux brillants de joie.

— Le message ! répètent les autres, épanouis.

— Ouah ! fait Dag, histoire de se mêler à la conversation.

Mais ce n'est pas le message ! Une fois déplié avec soin par François, le feuillet se trouve être la clé du code qui doit permettre, précisément, de déchiffrer le message en question. Claude lit tout haut ces mots, tracés par la main d'Hervé Kerio :

— « Le message laissé par moi dans un de mes livres d'aventures maritimes se présente sous forme d'une série de lettres séparées. Pour déchiffrer le texte ainsi codé, il suffit d'assembler ces lettres pour former des mots.

Chaque lettre est signalée par un minuscule point bleu, placé au-dessus d'elle. Pour plus de clarté, deux points bleus indiquent la fin de chaque mot et trois points la fin de chaque phrase. Tous mes vœux et bon courage ! »

— Quel joyeux farceur ! s'écrie Mick en riant. Nous souhaiter bon courage !

— Nous avons la clé du code, mais toujours pas le livre codé, fait remarquer Annie.

— Ne sois pas rabat-joie, ma vieille ! riposte Claude. Nos recherches sont déjà à moitié couronnées de succès. Il ne nous reste plus qu'à dénicher le livre au message.

— Autrement dit, résume François, à examiner cinq livres et à contacter trois acheteurs. Nous nous mettrons en chasse dès demain matin !

chapitre 5

Claude se met en colère

Le lendemain, stimulés par leur découverte de la veille, les quatre cousins se sentent pleins d'ardeur pour amorcer de nouvelles enquêtes. Avant tout, ils demandent à la maman de Claude l'autorisation de partir en promenade pour toute la journée. Mme Dorsel leur accorde volontiers la permission de pique-niquer dans la campagne, car le temps est beau et chaud.

Maria leur remet deux paniers remplis de savoureuses provisions et, en route… Dag galope, oreilles au vent, aux côtés des jeunes détectives.

— Nous rendrons visite à M. Mochu à midi pile ! crie Claude à ses cousins. Comme

ça, nous ne le manquerons pas. Pour l'instant, à l'assaut de la quincaillerie Séveno !

M. Séveno, l'unique quincaillier de Kernach, vient de lever son rideau quand les Cinq s'arrêtent devant le magasin. La boutique est encore vide. Claude en profite pour débiter sa petite histoire. Tandis qu'elle parle, deux acheteurs arrivent ensemble. L'un se met à choisir des vis dans un casier, l'autre se dirige vers le fond du magasin. M. Séveno, voyant que les enfants ne viennent pas en clients, se sent peu disposé à leur être agréable.

— Ces gamins me font perdre mon temps ! grommelle-t-il.

Et tout haut :

— Écoutez, j'ai autre chose à faire qu'à parler littérature. Il est exact que j'ai acheté *Aventures maritimes* et *Guerres sur mer* à cette vente. Mais je ne sais même pas au juste où j'ai fourré ces vieux bouquins et, de toute façon, je n'ai pas l'intention de les prêter ou de les céder. Alors…

Déjà, le grincheux personnage s'apprête à éconduire Claude et ses cousins quand, soudain, un affreux tumulte éclate au fond du magasin.

— Ouah ! Ouah ! Ouah ! hurle Dago.

— Sale cabot ! Veux-tu finir ! crie une voix d'homme.

— Ouah !… Grrrr…

— Aïe ! Ouille ! Sale bête ! Lâche-moi !

Un hurlement de douleur de Dag, puis de l'homme, de nouveaux aboiements, et des imprécations… Le quincaillier et les enfants s'élancent vers l'endroit d'où provient le vacarme. La première, Claude aperçoit son chien aux prises avec l'un des clients entrés un instant plus tôt.

Les deux antagonistes ne sont pas exactement au fond du magasin mais au-delà de la porte entrebâillée de l'arrière-boutique… et les poches de l'homme semblent anormalement gonflées.

— Un voleur ! s'exclame M. Séveno, indigné. Ce gredin me dévalisait pendant que j'étais occupé ailleurs !

— Mais mon chien a flairé du louche, dit Claude, toute fière. Il n'y en a pas deux comme lui pour dépister les vauriens.

Elle a à peine fini de parler que Dag, abandonnant le voleur au quincaillier qui l'a immobilisé d'une poigne ferme, fait volte-face pour se ruer dans le magasin. Étonnés, les jeunes détectives le suivent. Ils voient alors l'autre soi-disant client en train de piller

49

hâtivement la caisse. Sans doute compte-t-il filer au plus vite avec son butin, en abandonnant son complice à son sort. Dag ne lui en laisse pas le temps ! Avec la hargne d'une âme pure face au mal personnifié, le brave Dago se jette sur le truand et lui enfonce solidement ses crocs dans le gras du mollet. L'homme hurle, secoue sa jambe. Mais le chien tient bon. On assiste alors à cette scène comique : le malfaiteur, sautillant sur une jambe et dansant une gigue maladroite tout en essayant de se dégager de l'emprise du chien.

Des clients qui entrent peuvent, eux aussi, contempler le curieux spectacle. Déjà, M. Severno revient de l'arrière-boutique, poussant devant lui son prisonnier.

À la vue du second voleur attaqué par le chien, sa colère ne connaît plus de bornes.

— Ah, mon gaillard ! Tu me croyais trop occupé avec ton complice pour te surveiller. Mais ce chien s'en est chargé à ma place. Vite, mes amis ! ajoute-t-il à l'adresse des jeunes détectives. Téléphonez à la gendarmerie, que l'on vienne me débarrasser de ces lascars !

François s'empresse de décrocher le combiné, tandis que le quincaillier ficelle les poignets de son prisonnier avec du fil de fer souple pris dans son stock.

Ce faisant, il apostrophe ses clients :

— S'il vous plaît, empêchez l'autre de s'enfuir, voulez-vous ! Et vous, mademoiselle Dorsel, faites lâcher prise à votre chien. Sinon, il va dévorer cet homme tout vivant.

Mais Mlle Dorsel juge le spectacle trop drôle et le châtiment trop mérité pour intervenir rapidement. Le voleur continue à danser sa gigue et Dag, les crocs toujours plantés dans le mollet de l'individu, et quoique secoué de droite et de gauche, semble trouver cela amusant. Pourtant, l'homme crie si fort que Mick et Annie s'émeuvent :

— Allons, Claude ! Rappelle Dago !

— Dag ! fait simplement Claude.

Le chien lâche aussitôt sa victime. Le petit groupe des clients, augmentés de badauds venus de la rue, s'apprêtent à empêcher l'homme de fuir. Mais le voleur, sitôt libéré, se laisse tomber à terre et, dorlotant son mollet en sang…, fond ridiculement en larmes. Personne ne songe à le plaindre. Cinq minutes plus tard, les gendarmes sont là. Ils embarquent les deux voleurs, après avoir pris les dépositions du quincaillier et des enfants : ceux-ci doivent, un peu plus tard, aller les signer à la gendarmerie.

Le calme revenu dans la boutique, M. Séveno sert ses clients puis se tourne vers les Cinq. Cette fois, c'est très aimablement qu'il revient au motif de leur visite.

— Vous auriez voulu lire les deux livres que j'ai achetés à la vente du manoir ? Eh bien… après le service que m'a rendu votre chien, j'aurais mauvaise grâce à vous refuser ça !

Déjà, le visage des enfants s'épanouit.

— Seulement, ajoute-t-il, j'ai promis à mon neveu de les lui prêter cet après-midi même. Vous les aurez donc quand il les aura lus…

À la perspective d'avoir si longtemps à attendre, les jeunes détectives font déjà une tête longue d'une aune, mais Claude trouve tout de suite la parade et sauve la situation :

— En attendant, monsieur, prie-t-elle, nous permettez-vous de les feuilleter un moment sur place… ne serait-ce que pour voir les gravures ?

— Ah ! Cela, bien sûr, vous le pouvez ! concède le commerçant. Passez dans l'arrière-boutique et regardez-les tant que vous voudrez. Je crois me rappeler les avoir posés sur l'étagère, à droite en entrant…

Les Cinq passent donc dans l'arrière-salle, tandis que M. Séveno sert un nouveau client.

— Eh bien, ma vieille, tu as eu de l'astuce de lui demander ça ! déclare François, admiratif. Moi, je n'y aurais pas pensé. Je nous voyais déjà repartir bredouilles… Mais à présent, dépêchons-nous. Il faut qu'avant midi nous ayons examiné ces livres en détail !

Un instant plus tard, assis autour de la table de l'arrière-boutique, les jeunes détectives inspectent, avidement mais de façon méthodique *Aventures maritimes* et *Guerres sur mer*. Ils procèdent sans hâte excessive, épluchant avec soin les vieux bouquins. Après en avoir examiné un, chacun des enfants le passe à son voisin qui reprend l'examen pour son compte, et ainsi de suite.

Finalement, les deux livres ayant été vus par les quatre cousins à tour de rôle, on en arrive à ce triste bilan : ces bouquins-ci, comme les autres – à l'exception de *Pirates et corsaires* –, se révèlent sans mystère.

— Nous nous sommes donné beaucoup de mal pour rien ! déclare Annie, toute triste.

— Pas le moindre point bleu ! grommelle Mick. J'ai pourtant bien regardé. À part quelques rousseurs, pas le moindre « point », du tout, même. Nous voilà au bout du rouleau.

— Pas tout à fait ! proteste Claude. Nous avons encore trois bouquins à passer en

revue. Il est d'ailleurs grand temps que nous filions au *Pavillon Bleu*.

— Il faut même nous presser, signale Annie. Il est presque midi.

— Partons vite ! décide François. Allons voir M. Mochu. C'est peut-être lui qui possède le livre au message.

Claude et ses cousins prennent rapidement congé de M. Séveno pour filer en direction du *Pavillon Bleu*. Midi sonne au clocher du bourg quand ils y arrivent. À leur coup de sonnette, Mme Andral vient ouvrir.

— Ah ! C'est vous, mes enfants ! Cette fois, vous tombez à pic. Mon pensionnaire vient de rentrer.

M. Mochu descend justement de sa chambre, pour se rendre à la salle à manger, dont la porte est ouverte.

— Voilà des visites pour vous ! annonce gaiement Mme Andral.

Contrairement à sa logeuse, M. Mochu offre un visage rien moins que souriant.

— Que me voulez-vous ? lance-t-il aux enfants d'une voix aigre.

Claude expose leur requête. M. Mochu a un déplaisant sourire.

— Tu ne manques pas de toupet, mon jeune ami, dit-il à Claude que son pantalon et

ses cheveux courts font souvent prendre pour un garçon. Te céder ou te prêter *Brigandages maritimes* et *Pendu haut et court* ! Rien que ça ? Ces livres sont à moi et je n'ai l'intention de les prêter à personne. Je ne permettrai sûrement pas à un gamin comme toi de mettre dessus ses pattes plus ou moins propres.

En général, Claude ne déteste pas être prise pour le garçon qu'elle aurait bien voulu être. Elle s'amuse volontiers de la méprise. Mais les façons désobligeantes de M. Mochu lui font monter la moutarde au nez.

— D'abord, réplique-t-elle, je ne suis pas un gamin mais Mlle Dorsel. Ensuite, j'ai les pattes au moins aussi propres que les vôtres. Et quand je parle à quelqu'un, moi, je le fais poliment !

Là-dessus, elle tourne les talons et sort, suivie de ses cousins consternés. Une fois dehors, Mick se répand en reproches :

— Tu as tout gâché, espèce d'idiote ! Peut-être qu'en insistant…

— Rien du tout ! tranche Claude. Ce type-là est odieux et grossier. Il était tout à fait décidé à ne pas nous prêter les bouquins.

— N'empêche que tu n'aurais pas dû monter immédiatement sur tes grands chevaux, déplore François.

— Claude est juste un peu soupe au lait, dit Annie, apaisante. C'est son seul défaut.

Claude, adoucie par la gentillesse de sa cousine, lui plaque un franc baiser sur la joue. Sa colère s'est envolée.

— Merci, ma petite Annie, dit-elle. Au fond, François et Mick ont raison. Je me suis emportée trop vite. Il va falloir que je trouve un moyen de rattraper ça…

— Je crains que ce ne soit pas possible ! soupire Mick, la mine sombre.

— Au diable M. Mochu pour l'instant ! coupe François. Essayons de joindre M. Langre, le boulanger. Il doit être dans sa boutique. C'est le dernier des acheteurs de livres à contacter. Avec lui, peut-être la chance nous sourira-t-elle.

chapitre 6

Quel stratagème !

Quand les Cinq arrivent à la boulangerie, Mme Langre est en train de servir des clients, aidée de sa fille.

— Si vous voulez voir mon mari, dit-elle aux enfants, passez par cette petite porte et entrez dans la salle à manger, à gauche. Il a pétri tard dans la nuit et vient de se lever. Vous le trouverez en train de casser la croûte.

En effet, M. Langre est attablé devant un solide déjeuner. Contrairement au malgracieux M. Mochu, il accueille la petite troupe avec amabilité.

— Ha, ha ! C'est mon vieux bouquin qui vous intéresse ? Il a un titre romantique : *Cyclones sur les îles,* mais je ne sais trop quand

j'aurai le temps d'y jeter un œil. Je n'ai pas lu seulement encore mon journal d'avant-hier ! Ha, ha, ha, ! Faut dire que je préfère regarder la télé. Ça m'évite d'user mes lunettes. Et, à notre époque, y a pas de petites économies. Ha, ha, ha !

Ce joyeux boulanger est bien sympathique. C'est sans aucune difficulté qu'il prête aux jeunes détectives son « romantique » *Cyclones sur les îles*. En fait, le bouquin semble traiter plutôt d'affreux ravages causés par les tornades que de visions idylliques. Emportant triomphalement leur livre, les Cinq reprennent la route.

— Je propose, dit François tout en pédalant, que nous allions pique-niquer sur la lande, à l'ombre du Menhir Hanté. Nous en profiterons pour examiner ce bouquin et faire le point. D'accord ?

— D'accord !

Les Cinq commencent par se restaurer et se rafraîchir. Ils ont faim et soif. Les provisions de Maria disparaissent en un rien de temps. Le grand menhir dispense une ombre reposante sur cette lande inondée de soleil.

Quand Claude et ses cousins ont repris des forces, ils procèdent à l'examen de *Cyclones sur les îles*.

— Ah ! murmure Annie, comme je voudrais que ce livre contienne le fameux message !

À peine vient-elle d'exprimer ce souhait qu'elle remarque une page cornée... puis une autre.

— Regardez ! s'écrie-t-elle. N'est-ce pas un indice ?

Frémissants d'espoir, François, Claude et Mick se penchent sur les cornes (qui ne dissimulent aucune marque), puis sur les pages que semblent signaler les cornes. Elles non plus ne recèlent apparemment aucun secret. Après avoir tout inspecté en vain, les enfants échangent des regards qui en disent long. Ils ont si fort espéré, et maintenant...

— Voyons les choses en face, dit Mick. Nous avons épluché tous les vieux livres d'Hervé Kerio sauf ceux de cet affreux Mochu. C'est donc forcément lui qui détient le texte codé.

— Relançons M. Mochu ! propose Annie.

— Je crains qu'il ne nous reçoive même pas ! soupire François !

Claude seule ne dit rien. Allongée avec Dag à l'ombre du menhir, elle mâchonne un brin d'herbe et réfléchit.

— Et toi, Claude, qu'en penses-tu ? demande Mick.

— Je suis de l'avis de François, répond-elle. Cet horrible Mochu ne nous prêtera jamais *Brigandages maritimes* et *Pendu haut et court*, quoi que nous tentions.

— Il faut donc abandonner…, murmure Annie, prête à pleurer.

— Tu rêves ! Quand les Cinq ont une idée en tête, ils ne renoncent jamais. Pas vrai, Dag ?

— Ouah ! fait Dag en remuant la queue.

— Mais alors…

— Alors, j'ai une idée !

Ah, les idées de Claude ! Elle n'est jamais à court d'imagination et trouve toujours une solution à n'importe quel problème. En l'occurrence, ses cousins ne voient guère comment elle parviendra à mettre la main sur les livres de M. Mochu. À moins de les voler…

— Tu ne songes tout de même pas à barboter ces bouquins ? avance Mick, choqué.

Claude sourit.

— Tu plaisantes ! Il y a d'autres moyens… Voilà à quoi j'ai pensé…

Et, à ses cousins attentifs, elle expose rapidement son plan. C'est très simple !

— Tout à l'heure, quand nous parlions à M. Mochu, j'ai jeté un coup d'œil par la porte ouverte, dans la salle de Mme Andral.

Une petite bonne était en train de déposer la soupière sur la table. Sur une console, j'ai aperçu deux livres à reliures anciennes : certainement ceux achetés par M. Mochu à la vente. Conclusion : si je peux m'introduire dans cette pièce et feuilleter tranquillement les bouquins, c'est gagné ! Si je tombe sur le bon, j'inventerai bien un truc quelconque pour l'emprunter « en douceur ».

— Hum. Je n'aime pas beaucoup ça, murmure François. Enfin, je te fais confiance. Mais sous quel prétexte entreras-tu ?

— C'est facile. M. Mochu va partir en promenade et je sais que Mme Andral n'est jamais chez elle l'après-midi. Il ne restera que la petite bonne qui ne me connaît pas. Je me débrouillerai pour entrer dans la maison en visiteuse et vous vous arrangerez, de votre côté, pour faire sortir la bonne.

— Faire sortir la bonne ? répète Mick en roulant des yeux ronds. Comment ça ?

— Grâce à Dag. Car Dag va nous aider, hein, Dago ?

— Ouah ! Ouah !

— Vous voyez ! Il est tout prêt à tenir son rôle. Écoutez… Quand je serai dans les lieux, vous n'aurez qu'à le lâcher après un chat imaginaire, dans le jardin de Mme Andral…

61

Claude continue à parler un moment encore. Quand elle se tait, ses cousins applaudissent avec enthousiasme. Le plan leur semble parfait. Il n'y a plus qu'à faire le guet à proximité du *Pavillon Bleu*... Et à laisser passer l'heure.

Il est à peu près la demie de quatorze heures quand M. Mochu sort pour prendre le chemin de la plage.

— Et d'un ! commente Claude entre ses dents.

Les Cinq doivent patienter encore une demi-heure derrière une haie avant de voir partir à son tour Mme Andral qui, l'après-midi, va généralement chez sa fille. Quand elle s'est éloignée, Claude bondit.

— Et voilà ! La place est libre... À nous de l'investir ! Vous avez bien compris ce que vous devez faire ?

— Sûr ! répondent en chœur François, Mick et Annie.

— Et toi, Dag, tu obéiras bien à Mick ?

— Ouah !

— Parfait ! À moi de jouer !

D'un pas désinvolte, Claude va sonner à la grille du *Pavillon Bleu*. À Rosie, la petite employée venue lui ouvrir, elle explique :

— J'ai une communication urgente à faire à M. Mochu.

— Il n'est pas là pour l'instant, répond la jeune domestique.

— Eh bien, je vais l'attendre ! déclare Claude avec aplomb. J'ai tout mon temps.

La petite employée n'y voit pas malice. Claude, qui lui sourit, semble sympathique. Aussi la fait-elle entrer sans hésiter.

Ravie du succès de son stratagème, Claude pénètre dans le vestibule et, modestement, prend place sur un banc rustique. Par la porte ouverte de la salle de séjour, elle s'est assurée, d'un coup d'œil, que les deux livres anciens sont toujours sur la console. Reste à les feuilleter. Encore faut-il auparavant pouvoir entrer dans la pièce sans éveiller les soupçons de la domestique. C'est ici que Dag doit intervenir…

Claude prête l'oreille aux bruits du dehors. Elle entend d'abord grincer le portail, puis la voix d'Annie :

— Oh, le vilain chat ! Il a volé ma tartine !

— Dag ! cours-lui après ! Attrape-le ! ordonne la voix de Mick.

— Dag, vas-y ! ajoute François. Va vite ! Kss ! Kss !

Dag n'a pas besoin d'encouragement. Il voit bien qu'aucun chat n'a volé de tartine à Annie. Mais il sait qu'il s'agit d'un jeu auquel Claude l'a habitué et qui l'enchante. Il ne

demande donc pas mieux que de « faire semblant ». Et comme Mick le pousse par l'entrebâillement du portail en répétant « Kss ! Kss ! », il s'élance dans le jardin de Mme Andral avec des « Ouah » terribles, à la poursuite de son ennemi imaginaire.

Au vacarme, Claude sourit. La jeune employée pousse un cri et ouvre la porte d'entrée pour voir ce qui se passe.

— Oh ! s'exclame-t-elle. Un chien dans les massifs de fleurs de Madame ! Il va tout saccager ! Arrêtez-le !

Rosie se précipite dehors, à la poursuite de Dago, et Claude, elle, se précipite dans la salle de séjour où *Brigandages maritimes* et *Pendu haut et court* semblent l'attendre.

Sans perdre une seconde, la jeune détective se met en devoir de tourner les pages, les unes après les autres, à la recherche des « points bleus » signalés par la clé du code.

Dehors, François, Mick et Annie, qui ont mission de retenir Rosie le plus longtemps possible, s'acquittent au mieux de leur tâche. Pour commencer, Dag demeure un bon moment insaisissable. Il bondit d'un massif à l'autre, saute par-dessus une plate-bande, mord le manche d'une pelle, disperse un petit tas d'herbes, éternue sur une rose, fait

semblant d'avoir peur d'un escargot, bref se démène comme un diable dans un bénitier et échappe toujours à ses poursuivants. Rosie s'essouffle. Annie et ses frères ont du mal à garder leur sérieux.

Enfin, au bout d'un grand moment, Dag consent à se laisser attraper par la domestique et, la regardant alors d'un œil candide, il lui lèche gentiment la main en remuant la queue. Saisie, la jeune fille n'a même pas le courage de lui donner une tape.

— Quel drôle de chien ! s'exclame-t-elle. J'ai bien cru qu'il allait tout saccager dans le jardin de Madame et il n'a même pas touché une fleur !

— C'est qu'il est très bien élevé ! explique François avec gravité.

— Et il sait faire des tours, vous allez voir ! ajoute Mick. Regardez ! Je sors un morceau de sucre de ma poche et… attention ! Le cirque va commencer !

Quand Dag a exécuté avec complaisance son numéro, François, Mick et Annie restent encore longtemps à bavarder avec Rosie et à lui raconter les prouesses de Dag. À son tour, Rosie parle du chien de ses parents.

Pendant ce temps, dans la maison, Claude continue à tourner les pages, encore et encore.

Au fur et à mesure qu'elle avance dans son examen, son front se plisse de mécontentement.

« Pas un seul point bleu là-dedans ! doit-elle s'avouer en remettant enfin les livres en place. C'est à n'y rien comprendre… »

Elle retourne vivement s'asseoir sur le banc de l'entrée, juste à temps pour voir Rosie revenir.

— Je crois, lui dit-elle, que je ne vais pas rester plus longtemps. Je repasserai plus tard.

Et elle s'en va rejoindre ses cousins qui l'attendent derrière la haie.

— Tu as vu comme nous t'avons bien obéi ! s'écrie Annie.

Mais François et Mick questionnent déjà :

— Alors, tu as pu feuilleter les bouquins ?

— Qu'as-tu trouvé là-dedans ?

— Rien du tout ! répond Claude. C'est désespérant. Monter tout ce cinéma pour faire buisson creux… Car enfin, aucun de ces livres ne contient le message.

— Peut-être, suggère François, existe-t-il un onzième volume non porté sur la liste qu'on nous a communiquée ?

— Comment savoir ? soupire Claude, à présent que la vente est terminée et que le commissaire-priseur est parti ?

Fort démoralisés, les Cinq prennent le chemin du retour, Dag lui-même semble affecté par l'ambiance générale. Comme en harmonie avec leur humeur sombre, le temps se gâte soudain. Une pluie fine se met à tomber.

— Eh bien, il ne manquait plus que ça ! grommelle Mick. Quelle journée !

chapitre 7

La Tour d'Armor

De retour aux *Mouettes* et la pluie redoublant, les jeunes détectives décident de s'occuper tant bien que mal en attendant l'heure du dîner.

Annie va chercher sa poupée. Claude et Mick engagent une partie de Scrabble, Dag à leurs pieds. François, maussade, attrape le premier livre qui lui tombe sous la main. C'est *Bellerose*.

« Autant lire celui-ci qu'un autre ! » pense-t-il.

Les prouesses du corsaire Bellerose, contées sur un rythme trop lent, le font bientôt bâiller. Il va reposer le bouquin quand, parmi les rousseurs qui pointillent le texte,

son œil saisit un minuscule point bleu. François tressaille. Se pourrait-il que…

Fébrilement, le jeune garçon se met à examiner la page qu'il a devant lui. Mais non ! Il ne se trompe pas. Certaines lettres sont surmontées de points bleus, mais si pâles, si pâles, qu'il n'est pas étonnant que les jeunes détectives ne les aient pas vus lors d'un premier examen.

François pousse un cri de joie folle. Claude, Mick et Annie sursautent. Dag, réveillé brusquement, aboie.

— Qu'est-ce qui te prend ? demande Claude.

— *Bellerose* ! hurle François en agitant le livre en l'air. Victoire ! C'est le bouquin codé !

— Tu veux dire… le livre au message ?

— Tout juste. Regardez de près… Voyez-vous ces minuscules points bleu pâle, au milieu des autres, couleur rouille, des rousseurs du papier ?

— Oh ! François ! Sans toi, nous serions passés à côté ! s'écrie Annie, toute rose d'émotion.

— Vite, François ! dit Mick. Au travail ! Prends le livre au début et dicte-nous les lettres marquées, sans oublier de nous signaler celles qui terminent un mot ou une phrase.

Claude a déjà couru chercher du papier et des stylos-billes.

— Allez, mon vieux. Nous t'écoutons !

Posément, François entreprend la longue dictée. Cela n'est pas sans mal. Il faut parfois les yeux perçants d'Annie pour repérer les lettres dans l'ordre, sans en passer une seule. L'heure du repas interrompt ce travail de longue haleine.

— À table, les enfants ! appelle tante Cécile.

— Flûte ! dit Mick. Nous continuerons après le dîner !

— Nous n'en sommes qu'à la moitié du bouquin, fait remarquer Claude, les yeux brillants, mais le texte est prometteur.

Elle se penche sur les mots formés par les lettres repérées et assemblées, et lit tout haut :

— « Le parchemin indiquant l'endroit où se trouve le trésor d'Yves Bellec a été caché par moi dans les ru… » La suite à tout à l'heure !

Jamais, au cours d'un repas, les quatre cousins n'ont été aussi agités. Ils ne voient même pas ce qu'on leur sert et mangent rapidement, pressés de se remettre à leur passionnante tâche. Enfin, on leur permet de quitter la table.

D'un commun accord, ils montent au grenier. Là, le déchiffrage reprend… Non sans peine, le message complet d'Hervé Kerio est reconstitué.

— Ouf ! Ça y est ! dit Mick. Lis-nous le texte en entier, Claude !

— Voilà !… « Le parchemin indiquant l'endroit où se trouve le trésor d'Yves Bellec a été caché par moi dans les ruines de la Tour d'Armor, que personne ne visite jamais vu son état de délabrement, entre deux feuilles de plomb insérées elles-mêmes entre les huitième et neuvième pierres du mur du fond, face à l'entrée, à partir du bas. Cet étui de plomb est camouflé par un peu de ciment. »

Les jeunes détectives échangent des regards triomphants. Ils sont venus à bout de sévères difficultés et détiennent enfin le message-testament d'Hervé Kerio.

Mais le plus dur ne reste-t-il pas à faire ? François émet une idée peu encourageante :

— Toute cette histoire me paraît absurdement compliquée, dit-il. Je me demande si Hervé Kerio n'était pas fou… ou s'il n'a pas voulu monter une bonne farce.

— Tu veux dire qu'il aurait envisagé de « faire marcher » ceux qui entreprendraient de résoudre l'énigme ?

— Quelque chose comme ça, Mick.

— Eh bien, moi, je n'y crois pas ! jette Claude avec conviction. J'ai l'impression qu'Hervé Kerio ne se moque de personne et que le trésor existe vraiment. D'ailleurs, nous en aurons le cœur net demain. Nous irons à la Tour d'Armor.

— Comment, les enfants ! Vous n'êtes pas encore couchés ?

Tante Cécile, à la porte du grenier, regarde les Cinq d'un air mécontent.

— Tout de suite, maman ! s'écrie Claude. Excuse-nous. Nous avions oublié l'heure en bavardant !

Et les quatre cousins se hâtent de regagner leurs chambres, la tête pleine de rêves merveilleux qui, peut-être, se réaliseront le jour suivant…

Le lendemain matin, le temps s'est remis au beau. Le soleil brille gaiement et les Cinq se sentent pleins d'entrain. Avant de se mettre en route, les jeunes détectives, prévoyants, se munissent d'un burin, d'un marteau, de solides couteaux… et d'un sécateur. Puis ils prennent le chemin de la Tour d'Armor.

Après avoir pédalé une petite demi-heure, suivis d'un Dag tout joyeux, les enfants arrivent en vue de la tour. Celle-ci, qui a

peut-être été une construction imposante au temps jadis, n'est plus aujourd'hui qu'un amas de ruines livré aux ronces, au milieu d'un terrain inculte hérissé d'épais buissons.

Les Cinq, abandonnant leurs bicyclettes au milieu de touffes d'ajoncs, s'approchent des ruines. Sans l'aide du sécateur, jamais ils ne pourraient se glisser jusqu'à l'entrée de la tour, bien protégée par l'exubérance naturelle de la végétation.

— Il doit y avoir un sacré bout de temps qu'Hervé Kerio est passé par là, fait remarquer Mick. Les ronces ont eu le loisir de pousser.

— Tant mieux ! dit Claude, cette ceinture d'épineux tient les curieux et les touristes à distance. Le parchemin au trésor doit être toujours là, à l'abri des indiscrétions.

— S'il a jamais existé, marmotte François que hante toujours son idée de la veille.

— Allons, cesse de jouer aux oiseaux de mauvais Auguste ! réplique Annie, fière d'employer une locution qu'elle croyait connaître.

— Ha, ha ! raille Mick, tandis que les autres riaient. Auguste !… Augure, nigaude ! Les oiseaux de mauvais augure, selon les croyances des anciens Romains, étaient ceux qui venaient de la gauche et présageaient des événements mauvais.

— D'accord, monsieur le savant, convient Annie, vexée. Mais occupons-nous plutôt du parchemin d'Yves Bellec.

Après avoir dégagé, non sans mal, l'entrée de la tour, les enfants passent sous l'arche encore massive et débouchent dans un espace à ciel ouvert, quoique encore entouré de solides débris de murailles.

— Les murs sont toujours debout ! constate Mick.

— Le bas des murs, tu veux dire, rectifie Claude. J'espère que la cachette est intacte. Regardons vite !

Les enfants avancent en s'égratignant aux épines et en se tordant plus ou moins les chevilles sur les pierres éboulées.

Autour d'eux, fuit un monde invisible d'insectes et de petits animaux. Arrivé devant le mur du fond, François repère avec soin la portion faisant face à l'entrée et compte solennellement huit blocs de pierre à partir du sol.

— C'est là ! annonce-t-il alors. À toi, Mick !

Mick, assez ému, commence par donner quelques coups de marteau sur le ciment grossier qui comble l'interstice entre les huitième et neuvième blocs. Le ciment s'effrite rapidement. Mick creuse plus profond à

75

l'aide du burin. Enfin, insérant la lame d'un couteau entre les deux pierres, il entreprend de déloger un objet qui s'y trouve encastré.

Retenant leur souffle, les trois autres attendent la fin de l'opération. Bientôt, Mick achève de dégager une espèce de lourd cahier dont la couverture est formée de deux minces rectangles de plomb. Entre eux se dissimule une feuille d'un gris jaunâtre, épaisse, à l'aspect racorni.

— Le plan d'Yves Bellec ! souffle Annie, radieuse.

Ses frères, Claude et même Dag considèrent le parchemin en silence. Leurs efforts sont enfin couronnés de succès ! Claude tend la main, s'empare du document.

— C'est bien le plan, dit-elle. La cachette au trésor est indiquée ici... Il y a aussi quelques notes manuscrites ajoutées çà et là.

— Hourra ! s'écrie Mick. À nous le trésor !

— Ouah ! Ouah ! aboie Dag à pleins poumons.

Mick se met à danser de joie. Claude se joint à lui. Dag participe à leur gigue endiablée en sautant autour d'eux sans cesser d'aboyer. François et Annie rient aux éclats. Cela fait un joyeux vacarme que l'on doit certainement entendre de fort loin. François s'en

rend compte et tente de calmer l'exaltation de ses cadets.

— Doucement ! dit-il. Vous faites un boucan à réveiller les morts. Si nous devons garder nos investigations secrètes…

— Tu as raison, reconnaît Claude en s'arrêtant de danser. Mais que veux-tu… notre joie est bien excusable.

François lui prend des mains le plan d'Yves Bellec et le consulte à la hâte.

— Ce parchemin n'a pas l'air très clair au premier coup d'œil, déclare-t-il. Retournons à la maison. Nous l'étudierons en détail à tête reposée.

— Et nous ne parlerons de rien à mes parents tant que nous n'aurons pas mis la main sur le trésor, ajoute Claude. Ce sera une jolie surprise à leur faire ! Dag !… Qu'est-ce que tu as ?

Dago, qui a cessé, lui aussi, de faire le fou, semble soudain inquiet. Tourné vers l'entrée de la tour, il retrousse lentement les babines, découvrant ses crocs luisants. En même temps, les poils de son échine se hérissent.

— Dag ! Que se passe-t-il ?

Poussant un sourd grondement, le chien s'élance vers la sortie. Puis, s'arrêtant net au-delà, il se met à aboyer avec férocité, comme pour dissuader un ennemi d'avancer.

Surpris, les quatre cousins hésitent un bref instant avant de courir, d'un même mouvement, rejoindre Dagobert. Celui-ci tourne la tête vers Claude en continuant d'aboyer.

— Qu'as-tu vu ou senti, mon chien ?

Dag, bien sûr, ne peut répondre, mais son regard se porte vers les buissons d'ajoncs qui, à quelque distance, dressent leur écran vert et jaune. Annie, dont la vue est perçante, s'écrie :

— Il y a quelqu'un là-bas… qui s'éloigne… une silhouette d'homme… Ah ! je ne vois plus rien… Il est parti !

Claude a bonne envie de dépêcher Dag aux trousses de l'intrus. Mais de quel droit ? Après tout, la lande est à tout le monde. Furieuse contre elle-même, elle bougonne :

— Nous avons fait trop de bruit tout à l'heure. La personne qui était là a dû nous entendre… et peut-être comprendre tout ce que nous disions au sujet du trésor.

— C'est vrai, dit Mick, ennuyé. Notre secret ne nous appartiendrait donc plus en entier….

— N'empêche, rappelle Annie de sa voix douce, que c'est nous seuls qui avons le plan.

— C'est vrai, ça ! s'exclame François, ragaillardi. Même si ce rôdeur inconnu a

surpris notre conversation, cela ne peut pas lui servir à grand-chose.

— Sauf s'il nous suit lorsque nous partirons à la chasse au trésor ! dit Claude, pessimiste.

— Eh bien ! nous ferons en sorte de n'être pas suivis !

Jetant un dernier coup d'œil aux fourrés parmi lesquels le mystérieux inconnu s'est évanoui, Claude se résigne à suivre ses cousins qui vont récupérer leurs bicyclettes.

Un instant plus tard, alors que les Cinq se hâtent sur le chemin du retour, une auto les double. Ils reconnaissent le conducteur : c'est le peu sympathique M. Mochu. Au loin, l'horloge d'un clocher égrène les douze coups de midi.

— C'est de débroussailler ces ruines qui a pris le plus clair de notre temps ! maugrée Mick.

Bien entendu, les enfants arrivent aux *Mouettes* en retard pour le déjeuner. L'oncle Henri, qui ne badine pas avec l'horaire, les accueille sévèrement.

— Puisque vous n'êtes pas capables d'être là à l'heure pour les repas, déclare-t-il, vous serez punis. Interdiction de sortir de la maison et du jardin jusqu'à demain. Ainsi,

ajoute-t-il avec un petit sourire ironique, je serai sûr que vous ne ferez pas attendre Maria à l'heure du dîner.

Claude et ses cousins savent qu'il est inutile de discuter. Quand M. Dorsel a parlé, on ne peut que se taire… et se résigner.

Le repas se déroule dans une atmosphère un peu contrainte. L'oncle Henri parle de sujets divers. Tante Cécile lui donne la réplique. Maria sert d'un air contrarié. Les enfants mangent en silence. De temps en temps, ils échangent des regards complices, comme pour dire :

« Nous avons un secret ! Un beau secret ! Et quelle surprise quand nous rapporterons, ici, le trésor ! On ne songera plus alors à nous gronder ! »

chapitre 8

Équipée nocturne

Après le déjeuner, Claude entraîne ses cousins au fond du jardin. Là, une tonnelle couverte de feuillage et de fleurs aux teintes vives forme une agréable retraite. Les Cinq s'y installent, à l'abri des ardeurs du soleil, sur des bancs de bois, autour d'une table rustique. D'où ils sont, ils ont une vue magnifique sur l'océan en contrebas, avec l'île de Kernach à l'arrière-plan.

Mais, pour l'instant, les quatre cousins ont autre chose à faire que d'admirer le paysage. François sort de sa poche le plan d'Yves Bellec et l'étale sur la table. Deux têtes brunes et deux têtes blondes se rapprochent pour l'examiner de près... Le plan est

sommairement tracé mais éloquent. Claude est la première à parler.

— Là, sur la gauche, dit-elle, il n'y a pas à s'y tromper : ces lignes ondulées figurent à coup sûr les vagues de l'océan. Et cette île-là, c'est la mienne ! L'île de Kernach. J'en reconnais parfaitement le contour.

— Et là, continue Mick, cette ligne sinueuse représente la côte, tout près d'ici. La découpure du rivage est caractéristique.

— Nous savions déjà, rappelle Annie, que le trésor du pirate était caché dans la région.

— Et cette rose des vents, en haut de la carte, indique bien que la mer est à gauche et la terre à droite, ajoute François. Voyons la suite…

— La suite, dit Mick, elle nous saute aux yeux. Toutes ces petites échancrures de la côte sont des grottes. Et celle-là, marquée d'un gros T et soulignée d'une croix, ne peut être que la cachette du trésor.

— D'autant plus, fait remarquer François, que le plan est dessiné à l'encre noire et que seuls le T et cette croix sont tracés à l'encre rouge.

— Le butin du pirate se trouve donc enfoui dans l'une des grottes de la côte, résume Claude. Mais laquelle ? Elles sont une ribambelle, au pied des falaises, qui

s'ouvrent sur la mer. Il y en a certainement beaucoup plus qu'Yves Bellec n'en a mis sur son plan, et nous ne pouvons songer à les explorer toutes. Ce serait un travail de Romain, à décourager les plus enthousiastes.

— Attends donc ! dit François. Ne sois pas si pressée. Regarde plutôt ici, sur la droite. Bellec a dessiné un carré avec cette indication : « Tour du Krack ». Le malheur, c'est que je ne connais aucune Tour du Krack dans la région. Peu importe ! Continuons. De cette tour part une sorte de chemin en pointillé… à demi effacé, du reste.

— Tiens ! c'est vrai. Il relie la tour à la grotte marquée d'un T… la grotte au trésor.

— Mais pourquoi en pointillé ? questionne Annie, intriguée.

— Je crois, s'écrie Claude, illuminée, que ce pointillé indique que ce chemin n'est pas visible à l'œil nu.

— Comment ça ?

— Il doit s'agir d'un souterrain.

— Claude ! s'exclame Mick. Je parie que tu as deviné juste ! Si seulement nous savions où se trouve cette Tour du Krack.

Claude s'est rembrunie. Son front se plisse sous l'effort de la réflexion. Soudain, elle se détend et lance sa phrase habituelle :

— J'ai une idée ! Attendez-moi ! Je reviens tout de suite !

Et, laissant ses cousins stupéfaits, elle quitte la tonnelle pour s'élancer au trot vers la villa.

— Où diable court-elle ? demande Mick.

— Aux informations, sans doute.

— Il n'y a qu'à l'attendre !

Claude n'est pas longue à revenir. Elle surgit bientôt, le visage épanoui, Dag frétillant derrière elle.

— Ça y est ! annonce-t-elle. Mon bureau de renseignements personnel m'a fourni une précieuse indication.

— Ton bureau de renseignements ? répète Annie, sans comprendre.

— Maria, tiens ! Elle est du pays et connaît la région comme sa poche. Cette Tour du Krack, marquée sur la carte d'Yves Bellec, portait ce nom jusqu'au siècle dernier. Depuis, on l'a débaptisée. Elle s'appelle aujourd'hui…

— Tour d'Armor ! s'écrient en chœur Mick et François, qui n'ont eu aucun mal à deviner.

— Tout juste ! D'après Maria, la tour était déjà en ruine et la proie des ronces quand elle-même n'était qu'une gamine et allait dans le coin cueillir des mûres avec ses frères.

— Peut-être la tour était-elle déjà écroulée du temps d'Yves Bellec ! suggère Mick.

— C'est probable. Autrement, il n'aurait pas pu l'utiliser à des fins personnelles.

— À mon avis, dit François, il s'agit d'une construction moyenâgeuse.

— Peu importe, déclare Claude en balayant du geste ces détails inutiles. L'essentiel, c'est de savoir que le souterrain part de la tour pour aboutir à la grotte coffre-fort.

— Il ne reste plus qu'à ouvrir officiellement la chasse au trésor ! proclame Mick d'un air réjoui.

— Comment nous y prendrons-nous ? demande Annie. Irons-nous droit à la grotte ou passerons-nous par le souterrain ?

— Il nous serait impossible de repérer la grotte parmi toutes les autres, je l'ai déjà souligné tout à l'heure, répond Claude. Espérons seulement que le souterrain est encore praticable de nos jours.

François fronce les sourcils. Toujours raisonnable, le grand garçon songe à de possibles éboulements.

— L'expédition pourrait être périlleuse, dit-il. Nous devrons nous montrer prudents et nous équiper en conséquence.

— Entendu, mon vieux. Puisque nous sommes prisonniers aux *Mouettes* jusqu'à demain, profitons-en pour préparer notre

attirail et étudier les détails du plan. Il y a, ici et là, de petites indications à demi effacées que nous ferons bien de regarder avec une loupe.

Le lendemain, les enfants ne peuvent se mettre en route dans la matinée, comme ils l'escomptaient. Ils doivent accompagner tante Cécile au marché de Kernach et, avant le déjeuner, ont tout juste le temps de jouer un peu sur la plage.

Ils se rattrapent l'après-midi en partant sitôt après le déjeuner, chargés d'un équipement rationnel.

Ils emportent avec eux : deux pioches, deux pelles, un rouleau de cordelette fine et solide, quatre lampes de poche aux piles neuves, deux bougies « en cas », des allumettes et, bien entendu, le plan.

Une fois sur la route, ils pédalent aussi vite qu'ils le peuvent. Ils ne tiennent pas à se faire repérer avec leur attirail et espèrent bien n'être suivis ni vus par personne.

— Nous avons eu raison de partir tôt, dit Mick. C'est l'heure creuse. La plupart des gens sont encore à table ou en train de faire la sieste.

Effectivement, les Cinq parviennent à leur but sans avoir rencontré âme qui vive. Une

fois dans les ruines, Mick commence par tirer de sa poche la carte d'Yves Bellec.

— La tour est représentée par ce carré au trait épais, dit-il. Mais, avec la loupe, on distingue à l'intérieur un autre carré, plus petit, situé dans ce coin gauche, à l'ouest. Et le chemin en pointillé part de cet endroit.

— C'est donc là que doit se trouver l'entrée du souterrain ! émet Claude. Creusons donc !

Les garçons se mettent au travail. Au bout d'une heure, Claude relaie Mick. Sous prétexte de faire jouer Dag, Annie surveille les abords de la tour. À la moindre approche, elle a pour mission d'alerter les autres. Heureusement, le coin est peu fréquenté et les Cinq ne sont pas dérangés…

La terre est dure comme du roc mais, une fois qu'on a brisé une première croûte épaisse, pelles et pioches se heurtent très vite à une dalle encastrée dans le sol. Un gros anneau rouillé est scellé en son milieu.

Claude pousse un cri de joie.

— Une trappe ! L'entrée du souterrain. Oh ! Pourvu que ce vieil anneau ne nous reste pas entre les mains !

L'anneau tient bon. En revanche, il faut les efforts conjugués des quatre cousins pour

réussir à soulever la dalle. Les bords en sont presque scellés au sol par le temps. Enfin, elle sort de son alvéole et est poussée de côté. Tous se penchent sur le trou d'ombre.

— Brrr, dit François en frissonnant. Il a l'air de faire froid et humide là-dedans. Je vois l'amorce d'un escalier. Passe-moi une lampe, Mick !

La lampe éclaire quelques marches grossières, taillées à même le sol dur. Claude tient à descendre la première. Après avoir compté onze marches, elle parvient à un niveau horizontal où s'amorce un boyau sombre, légèrement déclive.

— Tu peux descendre, François ! crie-t-elle à son cousin. Que Mick et Annie restent là-haut, à faire le guet avec Dag !

François la rejoint. Éclairant le sol devant eux, les jeunes détectives progressent lentement le long du tunnel dont les parois, de loin en loin, se renforcent de murets de pierres.

— Décidément, Yves Bellec était un gars prévoyant ! dit Claude.

— Pas tant que ça, répond François qui marchait devant elle. Voilà une partie de la voûte qui s'est écroulée.

— Dangereux, ça ! Sans compter que cette pierraille nous bouche le passage.

— Il va falloir déblayer pour pouvoir continuer. Mais pas aujourd'hui. L'heure file et il
ne faut pas être en retard pour le dîner. C'est
pour le coup qu'oncle Henri nous punirait !

— Qu'est-ce que vous fabriquez, vous
deux ? demande Mick qui, incapable de conte-
nir son impatience, est venu les rejoindre.

— Regarde ! Le souterrain est obstrué.

— Flûte ! Nous devrons pratiquer une
percée. Espérons que l'éboulement n'est
que partiel. Sinon, adieu le trésor !

— Venez ! Remontons ! ordonne François.

Après avoir remisé leur matériel dans le souterrain et replacé la dalle qu'ils camouflent
sous une couche de terre, les enfants
reprennent en silence le chemin des *Mouettes*.

Leur fol enthousiasme du début a été dou-
ché par la vue du plafond éboulé. Et si, par
malheur, on ne pouvait aller plus loin ?

Cette crainte les tourmente si fort qu'après
le dîner, réunis sous la tonnelle d'où ils
peuvent assister à un admirable coucher de
soleil, ils envisagent de retourner aux ruines
dès que la nuit sera tombée.

— D'abord, nous ne risquerons pas d'être
dérangés ! dit Mick.

— Et nous travaillerons dur, histoire de
voir si cet éboulement n'est qu'un simple

accident de parcours ! ajoute Claude. Dans ce cas, nous dormirons mieux cette nuit.

Annie est d'accord, mais François éprouve des scrupules à l'idée de sortir de nuit, sans en avoir la permission.

— Si nous la demandons, on nous la refusera, fait remarquer Claude. Et nous ne faisons rien de mal !

— Non… mais ça peut être dangereux.

— Nous prendrons des précautions. Allons, dis oui, mon vieux !

Et le « vieux » finit par céder. À onze heures du soir, tels des conspirateurs, les Cinq reprennent la direction de la tour. La nuit est calme. Au bas de la falaise, l'océan miroite au clair de lune. Tout en pédalant avec ardeur, Mick, dont la bicyclette s'enjolive d'un magnifique rétroviseur, aperçoit, assez loin derrière lui, la double lumière de phares d'auto. Sans être anormale, la présence de cette voiture sur un chemin peu fréquenté la nuit inquiète le jeune garçon.

— Hé, vous autres ! crie-t-il. Il y a une bagnole qui nous suit !

— Penses-tu ! lance François. Qui veux-tu… ? Et puis, comment se serait-on douté que nous ressortions ce soir ? À moins d'un hasard…

— En tout cas, insiste Mick, cette voiture a ralenti et ne fait pas mine de nous doubler ! On dirait bien qu'elle nous piste à distance.

Claude ne dit rien mais se sent mal à l'aise. Et si Mick avait raison ? Il y a peu de chance, mais peut-on savoir ? Et, dans la circonstance, Dag ne leur est d'aucun secours. Trônant dans son panier, le chien, oreilles au vent, se laisse griser par la course.

Quand les jeunes détectives arrivent au chemin de terre dans lequel ils doivent tourner pour accéder à la Tour d'Armor, chacun d'eux jette un coup d'œil à la voiture suspecte. Derrière la clarté des phares, on ne distingue rien d'autre que la forme sombre du véhicule. Les enfants tournent donc… et l'auto, dépassant l'embranchement, poursuit sa route.

— Tu vois ! dit François à son frère. Ta méfiance était sans objet !

Mick ne répond pas. Il continue obscurément à être inquiet et, quand tous mettent pied à terre, il constate que Claude, comme lui, semble préoccupée.

— Cette voiture, lui souffle-t-il. Elle te paraît louche à toi aussi ?

— Ma foi… Il me semble bien l'avoir remarquée peu après notre départ des

Mouettes. Mais je pensais me tromper. Ouvrons l'œil, mon vieux !

chapitre 9

Un adversaire invisible

Tandis que les garçons descendent dans le souterrain pour commencer à déblayer l'éboulement, Claude et Annie font le guet avec Dag. À un moment, Claude, qui regarde du côté de la route, croit voir l'éclat de phares venant de la direction prise par la voiture suspecte. Puis, la clarté disparaît, ce qui l'alarme davantage encore.

— Si le mystérieux espion a fait demi-tour pour revenir nous épier, dit-elle à Annie, il est normal qu'il ait éteint ses lanternes. Il va arriver ici à pied, en douceur.

— Claude ! Je crois que ton imagination travaille trop !

Claude ne répond rien. Figée dans une immobilité complète, elle ne cesse de scruter les ténèbres d'alentour.

Un long moment passe. Annie n'ose bouger. Dag ressemble à un chien de pierre. En dehors du concert des insectes nocturnes, le silence n'est troublé que par les coups sourds qui montent du sol : François et Mick travaillent ferme.

Et soudain, tout se déclenche… Le vent qui jusqu'ici soufflait de l'ouest, tourne brusquement au nord et apporte une bouffée d'odeurs en plein sur la truffe de Dag. En un éclair, le chien de pierre se mue en un diable à quatre pattes qui, tel un bolide, file dans la nuit en aboyant à s'en rompre les cordes vocales.

— Ouah ! Ouah ! OUAH !

Sans hésiter, Claude s'élance à sa suite. Elle entend devant elle un grand bruit de buissons froissés, puis un juron étouffé et un joyeux grognement de Dag aux prises avec un adversaire invisible. Craignant que le chien n'ait attaqué un inoffensif promeneur – et bien qu'elle soit intimement persuadée du contraire –, Claude rappelle Dagobert :

— Ici, Dag !

Il y a un nouveau bruit de branches cassées, celui d'un pas rapide qui s'éloigne, puis Dag reparaît, visiblement à contrecœur. Peu après, un ronflement de moteur troue le silence, des phares s'allument… et une

voiture file sur la route, vers Kernach. Claude rejoint sa cousine.

— Tu vois bien, Annie, que je ne me trompais pas !

Au même instant, Mick et François surgissent des ruines.

— Que se passe-t-il ? demande François. Juste comme nous remontions, nous avons entendu Dag aboyer.

Claude met les garçons au courant des événements.

— Ainsi, dit Mick, mes soupçons étaient fondés. Quelqu'un nous a pistés jusqu'ici. C'est moche…

— Moche… Mochu ! chantonne Annie.

— Que dis-tu ? Répète !

— Eh bien… je me rappelle brusquement que Dag a déjà aboyé lorsque nous avons découvert le parchemin et qu'ensuite, en revenant aux *Mouettes*, nous avons été dépassés par M. Mochu au volant de sa voiture. Si c'était lui l'espion ?

Les quatre cousins se regardent.

— Allons voir, propose Claude, l'endroit où Dago s'est expliqué avec notre suspect. Peut-être recueillerons-nous un indice.

Les jeunes détectives, balayant le sol devant eux de la lueur de leurs lampes, trouvent

très vite l'endroit aux buissons froissés. Du reste, Dag les y conduit directement. C'est son champ de bataille personnel et il semble très fier d'avoir à demi vaincu l'ennemi. Si Claude ne l'avait pas rappelé, il l'aurait même vaincu tout à fait, c'est sûr ! Et soudain il trouve un trophée : le mouchoir de l'adversaire ! Remuant la queue, il le rapporte à sa petite maîtresse.

— Un mouchoir ! s'écrie Claude.

Elle le déplie vivement et, triomphante, en montre le coin brodé à ses cousins : il s'orne d'une magnifique initiale.

— Un M ! souligne-t-elle.

— Mochu ! C'était bien lui ! dit Mick.

— Mochu… ou Martin, ou Machin, Médor ou Mirliflore ! raille François. Disons que ce M rend Mochu un peu plus suspect. Rien d'autre…

— Il faudra en avoir le cœur net, dit Claude. Et Dag nous y aidera. J'ai une idée…

— Encore ! En attendant, tu ne nous demandes pas, à Mick et à moi, pourquoi nous remontions si vite ?… Eh bien, nous avons fait une brèche dans l'éboulement : le souterrain se continue juste après et semble dégagé. Nous pourrons donc poursuivre notre exploration demain, mais en étant très, très prudents !

— Chic ! s'écrient en chœur Claude et Annie.

— Pour l'instant, il est tard. Remettons la dalle et les outils en place et rentrons vite à la maison.

— Tu as raison, approuve Mick. Demain, nous passerons toute la journée ici, si tante Cécile nous autorise à pique-niquer.

Un peu plus tard, tandis que les Cinq approchent de Kernach, François s'exclame soudain :

— Hé, Claude ! Où vas-tu ?

Claude, qui a brusquement tourné dans une voie secondaire, jette par-dessus son épaule :

— Suivez-moi ! Je veux vérifier mon idée.

Intrigués, ses cousins roulent sur ses traces. Bientôt, la maison de Mme Andral se profile dans la nuit.

— Qu'est-ce que tu manigances ? chuchote Mick tandis que tous s'arrêtent, à l'exemple de Claude. Tiens… la voiture de M. Mochu est là, sagement rangée devant la villa.

— Laissez-moi faire ! souffle Claude. Viens, Dag !

Tout d'abord, elle s'approche de la voiture et pose sa main sur le capot.

— Encore tiède, constate-t-elle avec satis-faction. Ce véhicule n'est pas là depuis longtemps !

Puis, elle sort de sa poche le mouchoir à l'initiale brodée et le donne à sentir à Dago :

— Cherche, mon chien, cherche !

Dago ne se le fait pas répéter. À peine sa truffe a-t-elle flairé le mouchoir qu'il bondit contre la grille de Mme Andral en aboyant furieusement.

— Chut, chut, Dag ! ordonne Claude.

Et, à ses cousins :

— Vite ! Filons avant d'avoir réveillé tout le quartier !

Après avoir regagné les *Mouettes* dans un silence discret, les jeunes détectives se ré-unissent dans la chambre des garçons où ils tiennent conseil à voix basse.

— Ainsi, Mochu est bien notre mystérieux espion, commence Claude. De deux choses l'une : ou c'est juste un affreux curieux dont notre insistance à consulter ses vieux livres a éveillé l'intérêt…

— … ou, enchaîne Mick, c'est un malhon-nête homme qui, ayant surpris notre conver-sation dans les ruines, nous a épiés depuis lors en espérant que nous le conduirons au trésor !

— Je penche pour la seconde hypothèse ! s'écrie François.

— Moi aussi, dit Annie. Peut-être même espère-t-il que nous tirerons pour lui les châtaignes du feu !

— Les marrons, Annie ! Les marrons, pas les châtaignes ! rectifie machinalement François. Oui, ce Mochu me fait mauvaise impression. Il faudra nous méfier de lui car il en sait déjà beaucoup trop long.

— Mais que faire ? gémit Annie. Nous n'allons tout de même pas abandonner nos recherches ?

— Bien sûr que non ! affirme Claude avec force. D'autant plus que cet horrible Mochu n'a pas vu le plan et ignore où se trouve le trésor.

— Mais s'il repère le souterrain, il nous suivra !

— Nous avons camouflé la plaque et... nous veillerons au grain !

Il n'y a rien d'autre à ajouter. Aussi les enfants vont-ils se coucher. Il est tard et, le lendemain, ils ont bien du mal à ouvrir l'œil à l'heure habituelle.

Désireux de ne pas éveiller les soupçons de Mme Dorsel, ils descendent ponctuellement pour le déjeuner... et n'oublient pas

de parler de leur pique-nique. La permission leur est volontiers accordée et, comme d'habitude, Maria leur prépare un panier bien garni.

Une fois aux ruines et sûrs de n'avoir pas été suivis, les enfants commencent par regarder la dalle. Tout est en ordre. François pousse un soupir de soulagement.

— J'avais peur que Mochu ne soit revenu dans la nuit pour voir ce que nous fabriquions ici. Mais il n'y a aucune trace de son passage.

— Eh bien, tant mieux ! À présent, au travail ! répond Mick.

Les garçons ont si habilement pratiqué une brèche dans l'éboulement qu'il est aisé de traverser l'amas de cailloux sans craindre un nouvel effondrement. Du reste, par précaution, ils ont étayé l'orifice avec de grosses pierres. Avant de pousser plus avant leur exploration, les jeunes détectives décident de faire le guet à deux au-dehors : par « crainte du Mochu », comme dit Mick. Lui et Annie prennent avec Dag ce premier tour de garde, tandis que François et Claude s'enfoncent dans le boyau obscur. Au-delà de l'éboulement, le souterrain descend en pente raide, mais est assez dégagé. C'est à

peine si, de loin en loin, une pierre détachée de la voûte et traînant à terre témoigne de la vétusté de l'ouvrage.

— Si nous continuons à progresser de la sorte, dit Claude pleine d'espoir, nous ne tarderons pas à déboucher dans la grotte au trésor. À chaque pas, du reste, l'atmosphère devient plus chargée d'humidité.

— Pas étonnant, répond François en faisant jouer la lumière de sa torche sur les parois du couloir. L'eau suinte des murs. Et vois… la pente est moins abrupte tout d'un coup.

— Nous approchons ! Encore un effort, commence Claude, et…

Elle est interrompue par une mini-tornade à quatre pattes qui se rue sur elle avec un bref aboiement.

— Ouah !

— Allons, bon ! s'écrie-t-elle. Voici Dag chargé de nous prévenir qu'un ennemi est en vue ! »

En effet, le chien est le signal convenu – signal rapide et efficace – envoyé par l'équipe de surface à l'équipe œuvrant sous terre pour annoncer que des inconnus approchent.

François et Claude s'immobilisent donc et imposent silence à Dagobert. Ils savent que,

là-haut, Mick doit se hâter de remettre la dalle en place et d'étendre dessus la nappe du pique-nique, tandis qu'Annie surveille l'approche des indésirables...

Ce temps mort leur paraît long. Aucun bruit ne leur parvient. Pourtant il ne s'est écoulé guère plus de quinze minutes quand ils entendent soudain la voix de Mick, à quelques mètres d'eux :

— Fausse alerte ! annonce le garçon. Il s'agissait seulement d'une inoffensive paysanne qui rentrait du marché en coupant par la lande... Dites donc ! Vous en avez fait du chemin !

— Nous pensons être tout près de la grotte, à présent, explique Claude.

Au même instant, François, qui s'est avancé jusqu'au prochain tournant du souterrain, laisse échapper une exclamation désolée :

— Quel ennui ! Encore un éboulement !

— Eh bien ! Nous en viendrons à bout comme du précédent ! assure Mick. Je reste pour t'aider, François. Il vaut mieux que Claude remonte faire le guet avec Annie.

Le reste de la journée se passe sans incident. Aucun nouvel importun ne vient troubler le travail des trois aînés qui se relaient pour creuser l'obstacle les séparant encore

de la grotte au trésor. À midi, un repas champêtre, aussi savoureux que copieux, les revigore. Puis ils se remettent à la tâche.

Cette fois, pourtant, la besogne est plus dure que précédemment. L'éboulement est considérable et il faut creuser plus profond. Vers le milieu de l'après-midi, François propose d'arrêter.

— Nous sommes fourbus, déclare-t-il, et nous n'avançons plus. Allons nous baigner et jouer un peu au ballon sur la plage. Demain, nous nous remettrons à l'ouvrage avec plus d'entrain et plus d'efficacité.

Le conseil est sage. Après avoir replacé la dalle et camouflé une nouvelle fois l'endroit, les enfants et Dag gagnent la plage proche des *Mouettes*. Et là, les Cinq se donnent du bon temps jusqu'à l'heure du dîner.

Le lendemain, les enfants partent de bonne heure, sans emporter de piquenique : ils doivent rentrer pour le déjeuner. Annie, cependant, en a assez de faire le guet.

— D'ailleurs, fait-elle observer non sans raison, je vous serai utile en bas en vous aidant à déblayer. Dag lui-même pourra gratter !

— Je veux bien que nous descendions tous, finit par admettre François, mais qui camouflera la plaque derrière nous ?

— J'ai une idée ! s'écrie Claude pour changer. Nous répandrons de la poussière sur la dalle, et aussi de la bruyère dont les brindilles dépasseront ses bords pour en cacher le contour. Puis, à nous quatre, nous ferons glisser la dalle ainsi camouflée au-dessus de nos têtes. Une fois encastrée, elle se confondra avec le sol.

Sitôt la trappe en place, les Cinq, sans perdre de temps, s'avancent jusqu'au second éboulement et se mettent à travailler d'arrache-pied, tant et si bien que, moins de trois quarts d'heure plus tard, tous se retrouvent de l'autre côté de l'obstacle.

Un aboiement de Dag lui coupe la parole. Le chien, avec furie, se rue vers la porte. Trop tard ! Un homme et une femme viennent d'en franchir le seuil, pistolet au poing, comme dans un film d'aventures. L'homme n'est autre que M. Mochu !

— Ordonnez à ce chien de se tenir tranquille ! dit-il d'une voix dure. Sinon, je l'abats sans pitié.

Effrayée par la menace, Claude se hâte de rappeler Dago.

— Et toi, gamin, ajoute M. Mochu, tâche de ne pas faire le malin !

Bien qu'elle ait tenté de le détromper lors de leur première rencontre, il continue à prendre Claude pour un garçon. Mais elle a autre chose en tête pour s'arrêter à ce détail. Histoire de montrer qu'elle n'a pas peur de lui, elle lance d'un ton sec :

— Que voulez-vous ?

— Tu dois t'en douter. Le trésor, bien sûr, que vous avez tous eu la gentillesse de dénicher pour nous. Avec ma sœur Tina, que j'ai fait venir à Kernach tout exprès, nous nous ferons un plaisir de le déménager. Grâce à vous, nous serons riches !

— Je me demande comment ces deux-là nous ont suivis jusqu'ici, grommelle Mick.

Mochu l'entend et, goguenard :

— Par le souterrain, explique-t-il. Je vous avais entendus discuter du trésor. Puis, j'ai constaté que vous vous activiez à l'intérieur de la tour. J'ai repéré la dalle en dépit de votre camouflage… et j'ai camouflé à mon tour les traces de mon passage. Ensuite, j'ai attendu tranquillement que vous ayez déblayé le terrain. Merci pour tout, mes jeunes amis !

— Vous ne vous en tirerez pas comme ça ! crie François, furieux. Ce trésor ne vous appartient pas. Nous vous dénoncerons aux autorités.

— N'y comptez pas, réplique Tina avec un sourire encore plus déplaisant que celui de son frère. Nous savons que vous n'avez encore parlé du trésor à personne. Demain, à l'aube, nous viendrons le déménager par mer. D'ici là, nous allons vous neutraliser. Vous serez dans l'impossibilité de nous dénoncer.

Claude et ses cousins pâlissent. Annie fond en larmes.

— Rassurez-vous, dit alors Mochu. Nous n'avons pas l'intention de vous… supprimer. Vous resterez simplement prisonniers ici un certain temps. Dès que nous serons en lieu sûr avec notre butin, je téléphonerai à vos parents qui viendront vous délivrer.

— Cela vous fera environ deux jours à mijoter dans votre jus ! ajoute méchamment Tina.

— Vous n'avez pas le droit ! s'écrie Claude, indignée. Ma cousine risque de prendre froid dans cette grotte humide, et…

— Et rien du tout ! tranche Mochu. Tu vas te taire, mon garçon, et tes copains aussi. Ça vous apprendra à jouer aux chasseurs de trésor sans la permission de vos parents !

Tina et lui éclatent de rire, puis Mochu passe son pistolet à sa sœur.

— Surveille-les, ordonne-t-il, pendant que je les réduis à l'état de saucissons.

— Vous n'allez pas nous attacher ! proteste Mick.

— Avec ça, que je vais me gêner !

Le bandit a tôt fait de ligoter les enfants avec des cordes qu'il a apportées. Les garçons et Claude n'osent résister, tant ils ont peur qu'on ne moleste Annie. Et Dag reçoit de son côté l'ordre de se tenir coi : Claude craint trop pour la vie de son compagnon !

Bientôt, les quatre enfants, réduits à l'impuissance, assistent au dernier acte du drame : le couple Mochu fourre Dag dans un solide sac, fermé par une non moins solide ficelle.

— Il va s'étouffer ! plaide Claude qui se retient de pleurer.

— Bah ! Ça ne fera qu'un chien de moins.

— Brute ! lance Claude.

— Répète ça et je te bâillonne ! menace l'homme.

Claude se mord la langue et ravale ses larmes. Jamais elle ne s'est sentie aussi misérable et désarmée.

Déjà, sans rien ajouter, les Mochu quittent la salle au trésor. La porte en T bascule derrière eux, reprenant sa place primitive. Les Cinq restent seuls, près des coffres, dans une obscurité que troue avec peine la clarté d'une bougie laissée par Tina. Il leur semble être au fond d'un tombeau.

Mick réagit le premier :

— Je me refuse à rester ici au froid, sans boire, sans manger.

— Je crois qu'il faut nous résigner, soupire François. Mais cette attente va être pénible.

— J'ai déjà des crampes, se plaint Annie.

— Et dans cette étroite pièce, sans aération, nous risquons de périr asphyxiés ! renchérit Mick.

— Ça, non, je ne pense pas ! déclare son frère. Je sens un souffle d'air. Il doit y avoir des fissures quelque part dans le roc.

Claude seule ne se lamente pas. Elle prête l'oreille à des bruits étouffés qui s'élèvent non loin d'elle : c'est Dag qui, à l'étroit dans sa prison de toile, se démène comme un beau diable pour en sortir. Elle l'encourage de la voix :

— Vas-y, Dag, mon chien ! Hardi ! Mords ! Libère-toi !

Dag devient frénétique. Ses crocs se plantent au hasard, ici et là, perçant la toile, mais sans réussir à la déchirer. Le sentant ralentir ses efforts, Claude se fait plus pressante :

— Courage, Dag ! Hardi !… Viens ! Viens vite ici !

Cet ordre galvanise l'animal. Pour rejoindre sa maîtresse, il lui faut à tout prix sortir du sac. Pour le coup, il se démène si bien qu'il fait craquer la toile. De là à élargir l'ouverture et à se faufiler dehors, il n'y a que quelques coups de crocs et de griffes à donner. Dag, haletant, se retrouve libre, les gencives en sang, mais victorieux !

— Hourra, mon chien ! Bravo ! Tu as réussi ! s'exclame Claude tandis que Dag promène sa langue râpeuse sur sa joue.

— Ouah ! Ouah !

— Oh, Dago ! Si tu pouvais me délivrer à mon tour !

Claude ne voit pas bien comment persuader le chien de s'attaquer aux cordes qui l'entravent. Mais Dag n'a pas besoin de directives. Son instinct, joint à sa très réelle intelligence, lui souffle ce qu'il a à faire. Il se met à mordiller le premier lien qui lui tombe sous les crocs. Par chance, c'est la corde qui rattache les mains liées de Claude à ses chevilles. Si bien que, quand enfin elle cède, Claude est en mesure de porter ses poignets à sa bouche.

— Tenez bon ! dit-elle à ses cousins. Je vais essayer de ronger les cordes de mes mains. Ensuite…

— Ensuite, crie Mick, tu ne perdras pas de temps à défaire celles de tes chevilles. Tu te traîneras jusqu'à moi et tu prendras mon couteau dans ma poche. Encore heureux que ces gredins ne nous aient pas fouillés !

Claude ne répond pas. Pleine d'espoir, elle mordille déjà les entraves de ses poignets… C'est une lente et laborieuse besogne. Dag, à son tour, l'encourage, semble-t-il, par de petits jappements. Enfin, elle vient à bout de sa tâche. L'instant d'après, elle fouille dans les poches de son cousin et trouve le couteau…

Jamais lame tranchante ne fit si bonne besogne ! Mick recouvre rapidement la

liberté de ses mouvements, tranche les derniers liens de Claude et délivre à leur tour Annie et François. Alors, fous de joie, les enfants se jettent au cou les uns des autres, de nouveau prêts à l'action. Dag est fêté lui aussi et reçoit sa part de caresses.

— Nous n'allons pas rester ici à nous morfondre ! décide François. Vite ! Essayons d'ouvrir la porte !

Tous se précipitent vers le T de pierre. Hélas, s'ils ont pu le faire basculer de l'extérieur, il leur est impossible de répéter la manœuvre du dedans.

— Il doit bien y avoir un moyen, pourtant ! dit Mick.

— Oui, je le suppose, répond son frère. Essayons encore !

Une bonne heure s'écoule ainsi, en vains efforts. Soudain, Annie constate tout haut :

— Regardez ! La bougie est plus qu'à moitié consumée !

Tous frémissent. Que deviendra leur beau courage quand ils se retrouveront dans une obscurité totale ?

— Quel malheur que nous ayons laissé notre matériel dans la grotte ! soupire François.

— Sans compter, ajoute Mick, lugubre, que j'ai une de ces faims ! Midi est passé

115

depuis belle lurette. On doit commencer à s'inquiéter de nous, aux *Mouettes*.

— On aura beau nous chercher, grommelle Claude, on ne nous trouvera pas tout de suite. Et, d'ici là, les Mochu auront eu le temps de revenir, de nous ficeler à nouveau et de filer avec le trésor. Inutile de continuer à nous escrimer sur la porte. Cherchons ailleurs !

— Mais chercher quoi ? demande François.

— Tu as remarqué toi-même tout à l'heure que cette salle était aérée. Le souffle d'air vient d'ici… au fond. Il doit y avoir une ouverture. Cherchons donc !

Saisissant la bougie, Claude s'approche du fond de leur prison. Soudain, la flamme de la bougie vacille et se couche si fort vers la droite qu'elle manque de s'éteindre. Claude la souffle carrément.

— Pourquoi fais-tu ça ? questionne Annie, affolée.

— Mick a des allumettes pour la rallumer s'il le faut… Vous avez vu ? La flamme s'inclinant à droite indique qu'il existe une aération sur notre gauche. Attendons que nos yeux s'habituent à l'obscurité. Si la prise d'air est assez proche, nous distinguerons sans doute bientôt un peu de jour…

chapitre 11

Excellente prise !

Claude ne se trompe pas. Une minute plus tard, Annie pousse un cri de joie. La première, elle aperçoit une vague lueur sur la gauche. C'est la ruée… Derrière un rocher en saillie, les enfants voient alors une espèce de soupirail fermé par une grille et, au-dessous, un crochet.

— Ce crochet doit ouvrir la grille ! déclare Mick.

Et, sans réfléchir, il empoigne le crochet rouillé et pèse dessus de tout son poids. Un grincement métallique se fait entendre, presque aussitôt suivi d'un horrible fracas… juste derrière les Cinq. Ils se retournent, épouvantés.

François rallume la bougie d'une main tremblante… et s'aperçoit avec horreur que le crochet commande, non pas la grille du soupirail, mais une massive herse de fer qui vient de descendre devant la porte en T, la bloquant complètement.

— Mick ! Qu'as-tu fait ? bégaie François, anéanti. Nous voilà plus prisonniers que jamais.

Annie se remet à pleurer. Mick, pâle comme un mort, reste muet. Claude le regarde durement.

— En tout cas, lance-t-elle avec une froide ironie, le trésor est à l'abri des Mochu, à présent !

Saisissant la bougie, elle revient au soupirail et l'examine. Il est assez haut placé et hors de l'atteinte d'un homme de taille moyenne, à plus forte raison d'un enfant.

— J'ai une idée ! dit brusquement Claude (et, cette fois, personne ne songe à sourire). Le grillage de ce soupirail n'est pas bien épais et je suppose que la rouille l'a rendu fragile au cours des âges. Nous allons tenter de le forcer…

— Avec quoi ? demande François.

— Avec une des dagues contenues dans le coffre, tiens !

— Mais comment l'atteindre ? s'inquiète Mick.

— Mick, tu me déçois ! Nous traînerons un coffre ou deux sous le soupirail, et nous grimperons dessus !

— Claude ! Ça, c'est une fameuse idée !

Déjà, les deux garçons ont bondi et tentent de traîner deux coffres vers le soupirail.

— Ils sont trop lourds ! Nous n'y arriverons jamais ! soupire Mick.

— Eh bien, vidons-les ! suggère François.

Sans souci des richesses qu'ils jettent à terre, François et Mick libèrent les coffres de leur contenu et les poussent sous le soupirail.

— Ouah ! fait Dag avec autorité.

Et ce « ouah ! », qui résonne comme une trompette de bataille invitant à l'action décisive, détend l'atmosphère et fait sourire les enfants.

— Allons-y ! crie Claude.

Chacun des garçons et elle-même choisissent, qui un sabre d'abordage, qui un poignard, qui un glaive précieux. Puis, tous trois montent sur les coffres et attaquent avec ardeur la petite grille du soupirail. Annie attend, pleine d'espoir, en serrant Dago contre elle.

La clarté qui tombe du soupirail est faible mais elle suffit aux trois aînés pour engager

leurs lames entre les barreaux et peser dessus de toutes leurs forces… Au début, rien ne se produit, puis François annonce joyeusement :

— Quelque chose vient de céder… dans la maçonnerie, je crois… Mais oui, voilà deux barreaux qui se descellent de mon côté.

— Et deux autres du mien ! dit Claude.

Les trois cousins continuent à s'escrimer comme des forcenés.

Au bout d'un moment, Mick empoigne la grille à pleines mains et tire. Ses espoirs sont largement dépassés… La grille cède d'un seul coup et il dégringole avec elle, dans un bruit épouvantable. Effrayée, Annie court à lui.

— Tu n'es pas blessé ?

Mick se relève en riant.

— Non, répond-il. Heureusement que j'ai lâché à temps cette maudite ferraille. Si elle m'était tombée dessus, elle m'aurait écrabouillé, c'est certain !

Rassurés à son sujet, François et Claude se faufilent déjà par l'étroite ouverture.

— Venez vite ! Suivez-nous avec Dag ! lance Claude. Il y a là un boyau horizontal où l'on peut avancer sur les coudes et les genoux et… oh !… c'est merveilleux. Je vois le jour au bout !

Mick aide sa sœur à grimper sur les coffres, puis lui passe Dag et la rejoint. Tous trois se hâtent pour rattraper les autres. Claude, en tête, rampe vers la tache de soleil qui brille au fond du boyau. Pourvu que ce qu'elle baptise déjà « sortie de secours » soit d'un diamètre suffisant pour leur permettre le passage !

En fait, le bout du boyau s'arrête au fond d'un puits. En levant la tête, en revanche, on aperçoit l'éblouissante clarté du soleil.

— Chouette ! Voici des échelons de fer pour grimper. Cet Yves Bellec était un astucieux bonhomme. Il pensait à tout !

Et Claude amorce l'ascension, en éclaireur. Elle parvient enfin à une ouverture ronde, camouflée de l'extérieur par un énorme buisson d'ajoncs épineux, comme il en pousse tant sur la lande. L'issue est assez large pour offrir un passage commode. Claude hèle ses cousins :

— Tout va bien ! Vous pouvez monter. N'oubliez pas Dag. Mais attention en sortant ! Évitez d'endommager les ajoncs. Ils doivent continuer à camoufler le puits !

L'un après l'autre, François, Annie et Mick portant Dag, émergent, à la suite de Claude, sur un coin de lande particulièrement aride

et rébarbatif, où personne ne passe jamais. Bellec a bien choisi l'emplacement de son « coffre-fort ».

Avec délices, les Cinq respirent la brise marine. Le soleil éclatant les fait ciller un peu. Ils ont presque envie de pleurer de joie. Mais ce n'est pas l'instant de s'attendrir. François consulte sa montre.

— Cinq heures et demie ! Vite, aux *Mouettes* !

Après avoir rallié à pied l'endroit où ils ont laissé leurs vélos, les quatre cousins se hâtent de regagner la villa. Sitôt la grille franchie, ils tombent presque dans les bras de M. Dorsel et du brigadier de gendarmerie qui s'exclament à leur vue.

— Enfin ! Vous voilà ! s'écrie oncle Henri.

— Mes hommes sont en train d'effectuer une battue pour vous retrouver, déclare le brigadier d'un air mécontent, et nous partions les rejoindre.

Tante Cécile, accourue au bruit des voix et toute pâle, presse les enfants sur son cœur.

— J'ai cru mourir d'inquiétude ! avoue-t-elle.

— Maman, coupe Claude avec un brin d'impatience, nous allons tout vous expliquer. Mais pas ici. Rentrons vite. Il ne faut

pas que l'on nous sache revenus... du moins, pas tant que les bandits qui nous ont séquestrés soient arrêtés.

— Bandits ?... Séquestrés ! répètent en chœur les grandes personnes, stupéfaites.

Alors, les jeunes détectives racontent leur aventure, sans omettre le moindre détail. Leurs auditeurs ont peine à en croire leurs oreilles. Mais M. Dorsel et le brigadier sont des hommes d'action. Tandis que tante Cécile et Maria servent un goûter copieux aux Cinq pour leur faire oublier leurs émotions, tous deux dressent un plan.

Tout en engloutissant chocolat crémeux et savoureuses pâtisseries, les quatre cousins ne perdent pas un mot de l'entretien. À la fin, le brigadier résume ce qui a été décidé.

— Nous allons tendre un piège à ces gredins, explique-t-il. Ils ignorent que vous vous êtes enfuis et, demain, comptent vous retrouver dans la salle au trésor. Eh bien... ils vous y trouveront ! Mais nous serons aussi au rendez-vous et nous les prendrons en flagrant délit !

Bien entendu, les conspirateurs attendent la nuit pour agir. Oncle Henri fait alors monter les Cinq dans sa voiture et, suivi de celle des gendarmes, se dirige, à travers la lande,

vers la sortie aérienne de la « chambre au trésor ».

En effet, il est inutile d'essayer d'y pénétrer par le souterrain de la tour, puisque la herse condamne l'entrée.

Les enfants repèrent facilement l'écran d'ajoncs qui camoufle l'issue du puits. Le brigadier et deux de ses hommes descendent seuls. Quand ils reparaissent, au bout d'un long moment, ils sourient.

— Nous avons réussi à remonter la herse, disent-ils, ce qui permettra aux Mochu de pénétrer sans histoire dans la chambre. Et nous avons remis les coffres à peu près à leur place. En revanche, le trésor a été réparti dans des sacs. Il ne nous reste plus qu'à l'évacuer sans attendre. Décidément, jeunes gens, vous avez mis la main sur des richesses incroyables.

Cela, Claude et ses cousins le savent. Ce qui les intéresse à présent, c'est la façon dont se terminera la passionnante aventure.

— Qu'allons-nous faire maintenant, oncle Henri ? demande Mick.

— Rentrer aux *Mouettes* où quelques heures de sommeil vous feront le plus grand bien. En effet, dès quatre heures du matin, il faudra être de retour ici.

— C'est vrai, acquiesce François, puisque les Mochu doivent retrouver leurs prisonniers là où ils les ont laissés.

— Et se faire pincer la main dans le sac ! ajoute Annie en riant.

Les enfants débordent de joie à la pensée du bon tour qu'ils réservent aux Mochu. En revanche, tante Cécile est un peu inquiète. Elle est la seule à ne pas apprécier le plan de son mari et du brigadier. Mais elle a tort de se tourmenter… Quand, juste avant l'aube, Mochu et Tina, venus par mer à bord d'un solide bateau, font basculer la porte en T, ils sont assaillis par les lamentations de leurs prisonniers.

— Délivrez-nous ! prient Claude et François.

— Je veux m'en aller ! dit Annie en sanglotant.

— Je meurs de faim ! affirme Mick.

Et Dag, dans son sac, aboie avec rage.

— Du calme, les gosses ! lance Mochu d'un ton rude. Tant pis si vous n'êtes pas contents. Vous allez encore jeûner quarante-huit heures, puis nous téléphonerons à vos parents. D'ici là, nous serons loin, et le trésor avec nous… Arrive, Tina ! Aide-moi à déménager ces coffres. Mais avant, regardons un peu à l'intérieur !

Le bandit tend la main vers un coffre mais – ô miracle ! – le couvercle se soulève tout seul et les Mochu se trouvent nez à nez avec un gendarme qui brandit un gros pistolet. Les autres coffres s'ouvrent à leur tour et d'autres gendarmes en jaillissent, tels des diables hors de leur boîte. En même temps, le brigadier et l'oncle Henri sortent de derrière le rocher en saillie proche du soupirail.

— Coincés, mes gaillards ! dit le brigadier.

— Ha ! fait Tina.

— Ho ! fait son frère.

— Hourra ! s'écrient en chœur François, Mick, Claude et Annie dont les liens tombent comme par enchantement.

— Ouah ! fait Dag que Claude libère en vitesse.

— Excellente prise ! Tout est bien qui finit bien ! conclut le brigadier, radieux.

Les Mochu font triste figure. Tina est pâle de rage. Son frère ne décolère pas : il n'arrive pas à comprendre comment les enfants peuvent être libres, le trésor envolé et eux-mêmes arrêtés par des forces de police. Ce coup de théâtre les démoralise complètement.

Tandis qu'un gendarme lui passe les menottes, Mochu avise Claude qui, la mine

réjouie, le regarde d'un air goguenard tout en caressant Dago.

— Sale gamin ! jette-t-il d'un ton venimeux. J'aurais bien dû, dès notre première rencontre, vous écrabouiller tous les deux, toi et ton affreux cabot !…

Il ne va pas plus loin. Dag vient de lui planter ses crocs dans le gras du mollet ! Le bandit hurle.

— Ça vous apprendra à insulter une douce demoiselle ! dit Mick en riant aux éclats. Dag a pris sa revanche tout en vengeant sa maîtresse.

Mochu regarde Claude avec des yeux exorbités.

— Douce demoiselle !… maîtresse…., répète-t-il d'un air ahuri des plus comiques. Ce garçon est donc une fille ?

— Et pourquoi pas ? rétorque Claude. Je vaux bien un garçon, non ?

— Et même deux, assure François. Trois, en comptant Dag.

Les gendarmes poussent les Mochu devant eux.

— Allez, ouste ! Direction la prison !

Le brigadier se tourne vers M. Dorsel.

— Une part du trésor reviendra à votre fille et à vos neveux, monsieur, l'autre à l'État, explique-t-il.

Mais Claude et ses cousins ne se soucient déjà plus du trésor du pirate. Ils ont autre chose en tête.

— J'ai hâte d'être de retour aux *Mouettes,* avoue Mick. Rappelez-vous que nous n'avons pas encore eu notre petit déjeuner.

— Je ne l'oublie pas, dit Claude en riant. Nous avons tous besoin de reprendre des forces… en attendant une nouvelle aventure !

— Ouah ! approuve Dag.

Et tous se ruent vers la sortie.

**Quel nouveau mystère
le Club des Cinq
devra-t-il résoudre ?**

**Pour le savoir,
regarde vite la page suivante !**

● ● ● ● ● ● ● ● ● ● ● ● ● ● ●

Claude, Dagobert
et les autres sont prêts
à mener l'enquête

Dans le prochain tome de la série :
Les Cinq
contre le loup-garou

Depuis le début des vacances, un mystérieux inconnu, au visage caché sous un masque de loup-garou, terrorise la paisible région de Kernach où les Cinq passent leurs vacances... Quel est son but ? Et qui est-il vraiment ?
Claude et ses cousins sont bien décidés à le savoir, mais l'homme masqué reste insaisissable...

Regarde la page suivante
pour découvrir un extrait
de cette nouvelle aventure !

 **Le loup-garou**

— Loïc ! Voilà Loïc !

D'un même élan, Claude et ses cousins qui passent leurs grandes vacances aux *Mouettes*, la villa des Dorsel à Kernach, se précipitent vers la grille, à la rencontre du jeune facteur avec lequel ils ont sympathisé.

— Quoi de neuf, aujourd'hui ? demande Mick, qui aime bien entendre Loïc commenter les événements du jour.

— *Ouah !* hurle Dagobert.

Claude a du mal à empêcher son chien de sauter aux épaules du facteur. Dag adore Loïc et pense l'honorer en le débarbouillant à coups de langue vigoureux.

— Hé, là ! Doucement, mon vieux, proteste Loïc en riant. Laiss'-moi distribuer l'courrier. Voici trois lettres, des revues scientifiques pour M. Dorsel et les journaux ! Tiens, Annie, porte tout ça à ton oncle !

Mick chipe la gazette locale au passage.

— Voyons les nouvelles !… Oh ! Oh ! Enfin du sensationnel !

— Quoi ! s'écrie Claude en lisant un gros titre par-dessus l'épaule de son cousin. Qu'est-ce que c'est que cette histoire de Loup-Garou ?

— Vous n'avez donc pas écouté la radio hier soir ? demande Loïc, étonné. On n'parle plus que d'ça au village ! C'Loup-Garou, c'est pas un vrai loup-garou : d'ailleurs, ça pourrait pas en être un, vu qu'les loups-garous, ça existe pas. Mais c'Loup-Garou-là, c'est un bonhomme. Un bonhomme pas commode, qui s'est affublé d'ce nom-là, et qui menace d'faire du vilain dans la région. Si c'qu'il raconte est vrai, va falloir compter avec lui dans l'pays, pour sûr !

— Il s'agit donc d'un bandit ? s'enquiert Claude, intriguée.

— V'zavez qu'à lire l'article et vous saurez tout sur c'zèbre-là. Allons, faut qu'je m'trotte. Au revoir, jeunes gens.

— Au revoir, Loïc ! À demain !

Claude et ses cousins ont déjà le nez plongé dans l'article qui s'étale en première page de la gazette locale, sous le titre accrocheur : « Un loup-garou surgi du Moyen Âge menace le monde moderne ». Au fur et à mesure qu'ils lisent, les enfants s'exclament :

— Mais il est fou, ce type-là !

— Sans doute. L'auteur de l'article le traite d'ailleurs de déséquilibré.

— Ses menaces sont alarmantes.

— Que réclame-t-il au juste ? s'inquiète Annie, qui ne comprend pas très bien.

— C'est simple, résume François. Un inconnu a téléphoné hier à la rédaction du journal pour annoncer qu'il avait décidé d'empêcher par tous les moyens, même violents, la modernisation de la région en faveur des touristes qu'il appelle « les étrangers ».

— Selon lui, continue Claude, le pays doit conserver ses sites pittoresques qui vont se trouver détériorés par les hôtels de luxe, les immeubles de rapport, le casino et autres bâtisses que l'on commence à édifier un peu partout aux alentours de Kernach, principalement le long de la côte. Il menace de s'en prendre aux promoteurs et aux constructions elles-mêmes. Ce doit être un écologiste.

— Promoteur ? Écologiste ? Qu'est-ce que ça veut dire ? demande Annie en ouvrant des yeux ronds.

— Un promoteur, explique complaisamment François, est celui qui projette l'aménagement de terrains, l'édification de bâtisses. Et un écologiste est une personne qui tient à défendre la nature et l'état habituel des lieux contre toute modification... surtout en béton ! Mais ça ne peut pas être le cas de ce type, puisqu'il semble prêt à utiliser la violence pour arriver à ses fins.

— Bah ! fait Claude. Il se surnomme lui-même le Loup-Garou histoire de faire peur aux gens, mais il s'agit sans doute d'un mauvais plaisant. Ne te tracasse pas !

Au cours de la matinée, les Cinq partent à bicyclette au marché de Kernach où Mme Dorsel a chargé sa fille et ses neveux de faire quelques provisions. En bavardant ici et là avec les marchands de légumes, la crémière et l'épicier, les enfants se rendent vite compte à quel point le petit village est troublé par les menaces du Loup-Garou.

— Moi, dit une grosse paysanne, les poings sur les hanches, je suis d'accord, au fond, avec ce Loup-Garou. Notre bord de mer devrait rester tel qu'il est, avec ses jolies villas et les estivants habituels.

— Je pense bien ! renchérit la crémière. Rien ne devrait changer par ici. Et puis, les gens des grands ensembles ne seront pas de bons clients. Ils préféreront aller se ravitailler à la ville voisine, dans un supermarché.

— On parle de supprimer un joli parc naturel pour construire le casino. Dommage ! ajoute un marchand d'œufs. En somme, ce Loup-Garou est plutôt sympathique.

— Dites qu'il le serait, rectifie François, s'il ne menaçait d'user de procédés violents pour arriver à ses fins.

— C'est vrai, dit Claude. En théorie, nous sommes tous de l'avis du Loup-Garou. Nous préférons les arbres et les chalets de la côte aux constructions modernes de rapport. Mais nous sommes contre toute idée de violence. Reste à savoir si les menaces de cet individu seront mises en pratique !

— Moi, je crois que oui, déclare la crémière. C'est mon cousin, rédacteur à la *Gazette*, qui a eu ce cinglé au bout du fil.

À sa voix, il semblait bien qu'il ne plaisantait pas.

— Bah ! Y a qu'à attendre ! conclut philosophiquement le cantonnier. C'est pas la peine de vous « remuer les sangs » à l'avance. Qui vivra verra !

On ne tarde pas à « voir »... Le lendemain même, le Loup-Garou fait à nouveau parler de lui ! Claude, François, Mick et Annie reviennent de la plage où ils ont passé leur matinée à jouer et à se baigner, quand ils croisent Loïc qui achève sa tournée.

— Salut, Loïc ! Quoi de neuf ? lance Mick à sa manière habituelle.

Tout en se défendant contre les débordements d'affection de Dag, le jeune facteur répond :

— Du neuf, y en a des kilos, aujourd'hui ! Z'aurez qu'à jeter un coup d'œil sur la *Gazette* et vous serez renseignés.

— Avant que papa nous permette d'ouvrir le journal, le soleil aura le temps de se coucher, grommelle Claude. Renseignez-nous plutôt vous-même.

— Ben, l'Loup-Garou semble avoir commencé à mett' ses m'naces à'xécution ! R'marquez qu'personne est encore sûr de

rien. Mais y a bien des chances que c'colo-
giste-là, il ait frappé un coup !

— De quoi parlez-vous donc, demande
Annie, intriguée.

— Ben, v'connaissez tous Pierre Lacaut,
pas vrai ?

— Oui, dit Claude. C'est le plus riche
fermier de la région. Hier, au marché,
nous l'avons entendu parler d'une vente
qu'il devait signer aujourd'hui même : il
se proposait de céder un grand pré à un
promoteur d'immeubles ultra modernes.

— Tout juste ! C'est mêm' pour ça
qu'on pense que c'est l'Loup-Garou qui a
fait l'coup.

— Mais quel coup, à la fin ? s'enquiert
Mick avec impatience.

— Ben, Pierre Lacaut, il a disparu hier
soir, comme ça, mystérieusement, une
heure avant d'signer la vent' d'son terrain.

— Disparu ! répète Claude. Mais
rien ne prouve que le Loup-Garou soit
pour quelque chose dans cette histoire.
M. Lacaut peut avoir été victime d'un
accident de voiture, d'une noyade, d'une
perte de mémoire, mais pas fatalement du
Loup-Garou.

Loïc hausse les épaules, l'air vexé.

— Bon. Ben, moi, c'que j'en dis… Pourtant, rapport à ses m'naces… on peut toujours supposer…

Et, sans terminer sa phrase, il s'éloigne en sifflotant.

La disparition du fermier commence certes à agiter les esprits dès ce jour-là et le lendemain. Mais c'est deux jours plus tard que le malaise des villageois et la curiosité des enfants s'accroissent… quand Pierre Lacaut reparaît. Un automobiliste l'a rencontré et pris en stop, sur la route, à une dizaine de kilomètres de Kernach. Puis, à sa demande, il l'a déposé devant la gendarmerie. La *Gazette* est pleine de la déposition du « kidnappé ».

Claude, François, Mick et Annie lisent avec intérêt les détails du récit, assez confus du reste, qui remplit trois bonnes colonnes. M. Lacaut déclare avoir été enlevé par un homme seul, au visage dissimulé sous un masque de loup-garou en plastique. Menacé d'un pistolet, le fermier a dû se bander lui-même les yeux avec son foulard, puis monter dans une voiture d'où il n'est descendu qu'une heure plus tard, pour être poussé dans une pièce où on l'a enfermé. Demeuré seul, il a arraché le bandeau qui l'aveugle, ce qui ne l'a guère avancé : il s'est retrouvé dans l'obscurité d'une sorte de cave. De derrière la porte, une voix l'a menacé des pires calamités s'il persistait à vouloir vendre son terrain !

Affolé, Lacaut a tenté de sortir de sa prison. En vain ! Il est resté là plus de quarante-huit heures, sans manger ni boire, et redoutant le pire. Et puis le Loup-Garou a frappé à sa porte, lui ordonnant de remettre son bandeau sur les yeux, sans tricher, sous peine de représailles. Ensuite il a ouvert à son prisonnier, l'a fait monter en voiture, pour l'abandonner sur la route, à la nuit. Son bandeau arraché, Lacaut n'a distingué que les feux arrière d'un véhicule disparaissant dans les ténèbres.

— Ainsi, murmure Claude, le Loup-Garou est bien l'auteur de l'enlèvement.

— Oui, dit François. Et il a menacé sa victime de s'attaquer à sa femme et à ses enfants s'il cédait son pré. Le kidnapping n'était donc qu'un avertissement.

— Et Lacaut s'est « dégonflé », ajoute Mick rondement. Il a une telle frousse qu'il renonce à vendre. Le Loup-Garou marque un point.

— Si nous tentions de le démasquer ? propose soudain Claude.

— Pour le livrer aux gendarmes ? s'écrie Mick.

— Non, mon vieux. Pour discuter avec lui, le raisonner et finir par le dissuader de toute action violente.

À la perspective de débrouiller une de ces énigmes (policières ou non) dont elle est friande, Claude s'échauffe. Ses yeux brillent. On la sent déjà partie sur le sentier de la guerre. François se met à rire.

— D'accord ! acquiesce-t-il. Voilà qui pimentera sainement nos vacances. Mais par où commencer ?

— Interviewons Pierre Lacaut ! décide Claude sans hésiter. Nous avons, comme détectives, une certaine renommée dans le pays. Sans doute nous fera-t-il confiance et acceptera-t-il de bavarder avec nous !

Malheureusement Claude se trompe. Quand les Cinq arrivent à bicyclette (ou à pattes, pour Dago) à la ferme des Lacaut, le maître de maison se ferme comme une huître. Retranché dans une prudente réserve, il ne fait que répéter ce qu'il a déjà dit aux gendarmes : les yeux cachés par son bandeau, il n'a rien vu du parcours effectué, et il lui est impossible de savoir en quel endroit on l'a retenu prisonnier…

Les jeunes détectives le quittent bredouilles.

— Je suis sûr, dit Mick, qu'il aurait pu nous fournir d'autres détails. Mais ce gars-là a peur de parler. Il craint pour sa famille les représailles promises par le Loup-Garou.

— Impossible, soupire Claude, d'amorcer la moindre enquête dans ces conditions.

Mais la bouillante fille se résigne difficilement. Elle espère que le Loup-Garou se manifestera à nouveau et que, cette fois, elle pourra saisir un bout de fil conducteur pour arriver à démêler l'écheveau de la troublante histoire.

Pour connaître la date de parution de ce tome,
inscris-toi vite à la newsletter du site :
www.bibliotheque-rose.com

Les as-tu tous lus ?

1. Le Club des Cinq et le trésor de l'île

2. Le Club des Cinq et le passage secret

3. Le Club des Cinq contre-attaque

4. Le Club des Cinq en vacances

5. Le Club des Cinq en péril

6. Le Club des Cinq et le cirque de l'Étoile

7. Le Club des Cinq en randonnée

8. Le Club des Cinq pris au piège

9. Le Club des Cinq aux sports d'hiver

10. Le Club des Cinq va camper

11. Le Club des Cinq au bord de la mer

12. Le Club des Cinq et le château de Mauclerc

13. Le Club des Cinq joue et gagne

14. La locomotive du Club des Cinq

15. Enlèvement au Club des Cinq

16. Le Club des Cinq et la maison hantée

17. Le Club des Cinq et les papillons

18. Le Club des Cinq et le coffre aux merveilles

19. La boussole du Club des Cinq

20. Le Club des Cinq et le secret du vieux puits

21. Le Club des Cinq en embuscade

22. Les Cinq sont les plus forts

23. Les Cinq au cap des Tempêtes

24. Les Cinq mènent l'enquête

25. Les Cinq à la télévision

26. Les Cinq et les pirates du ciel

27. Les Cinq contre le Masque Noir

28. Les Cinq et le Galion d'or

29. Les Cinq et la statue inca

30. Les Cinq se mettent en quatre

31. Les Cinq et la fortune des Saint-Maur

32. Les Cinq et le rayon Z

33. Les Cinq vendent la peau de l'ours

34. Les Cinq et le portrait volé

35. Les Cinq et le rubis d'Akbar

36. Les Cinq et le trésor de Roquépine

37. Les Cinq en croisière

38. Les Cinq jouent serré

39. Les Cinq contre les fantômes

40. Les Cinq en Amazonie

Découvre vite les autres séries classiques de la Bibliothèque Rose !

Les Six Compagnons

Les Six Compagnons
de la Croix-Rousse

Alerte au sabotage !

Les Six Compagnons
et l'étrange trafic

Les Six Compagnons
au bord du gouffre

Les Six Compagnons
enquêtent en coulisses

Les Six Compagnons
jouent une dangereuse partition

Les Six Compagnons
et le château maudit

MALORY School

La rentrée

La tempête

Un pur-sang en danger

La fête secrète

La pièce de théâtre

Les adieux

Fantômette

Les exploits de Fantômette

*Fantômette et
le trésor du pharaon*

*Fantômette
et l'île de la sorcière*

Fantômette et son prince

Les sept Fantômettes

*Fantômette
et la maison hantée*

Fantômette contre le géant

*Fantômette
et le Masque d'Argent*

Fantastique Fantômette

**Fantômette
et le Dragon d'or**

**Fantômette
et le magicien**

Opération Fantômette

**Hors-série
Les secrets de Fantômette**

Connecte-toi vite sur le site de tes héros préférés :
www.bibliotheque-rose.com
• Tout sur ta série préférée
• De super concours tous les mois

Le Clan des Sept

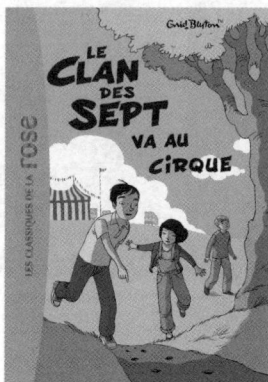

Le Clan des Sept va au cirque

Le Clan des Sept à la
Grange-aux-Loups

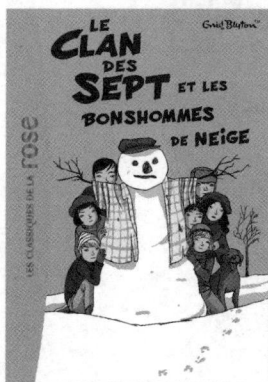

Le Clan des Sept et les
bonshommes de neige

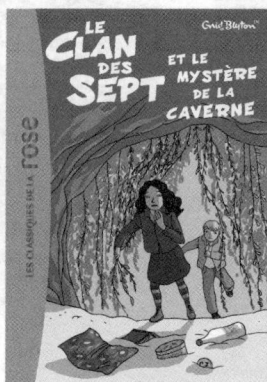

Le Clan des Sept
et le mystère de la caverne

Le Clan des Sept
à la rescousse

Les Jumelles

Les Jumelles à Saint-Clair

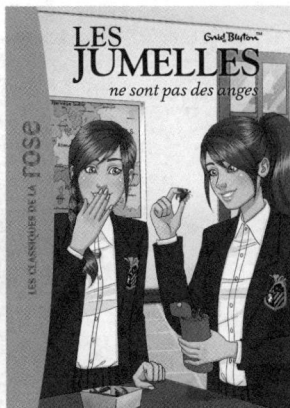

Les Jumelles ne sont
pas des anges

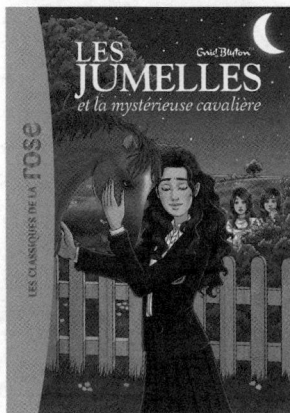

Les Jumelles
et la mystérieuse cavalière

L'Étalon Noir

1. L'Étalon Noir

2. Le retour
de l'Étalon Noir

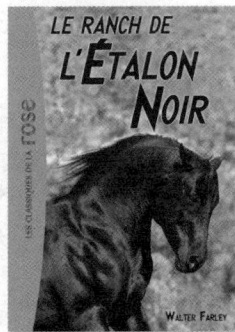

3. Le ranch
de l'Étalon Noir

4. Le fils de
l'Étalon Noir

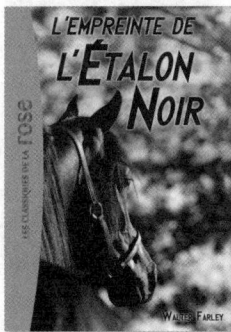

5. L'empreinte
de l'Étalon Noir

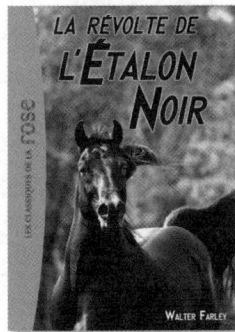

6. La révolte
de l'Étalon Noir

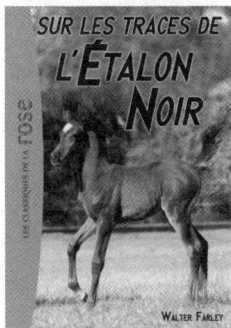

7. Sur les traces
de l'Étalon Noir

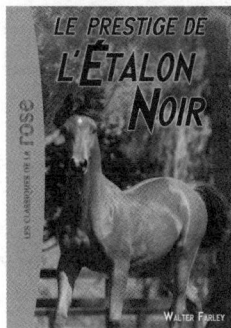

8. Le prestige de
l'Étalon Noir

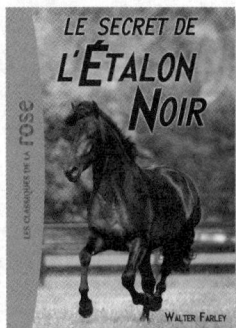

9. Le secret de
l'Étalon Noir

10. Flamme,
cheval sauvage

11. Flamme
et les pur-sang

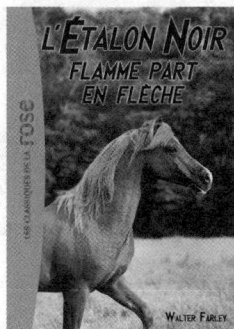

12. Flamme
part en flèche

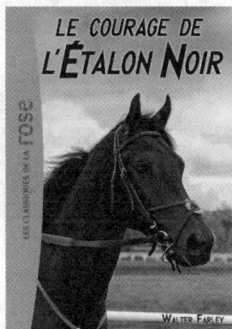

13. Le courage
de l'Étalon Noir

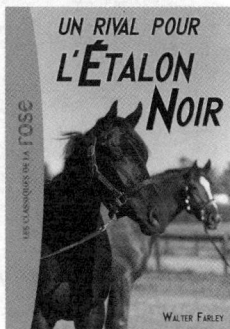

14. Un rival pour
l'Étalon Noir

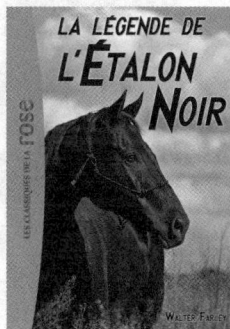

15. La légende de
l'Étalon Noir

Comtesse de Ségur

La trilogie de Fleurville

1. Les Malheurs de Sophie

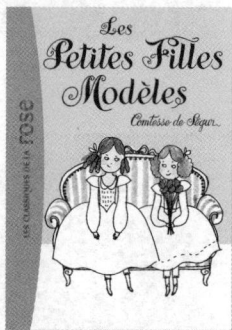

2. Les Petites Filles Modèles

3. Les Vacances

Le Général Dourakine

Après la pluie le beau temps

Mémoires d'un âne

Quel Amour d'Enfant !

François le bossu

Un bon Petit Diable

Les bons enfants

Les Deux Nigauds

**Jean qui grogne
et Jean qui rit**

Nouveaux Contes de Fées

Le mauvais génie

L'auberge de l'Ange-Gardien

Table

hachette s'engage pour l'environnement en réduisant l'empreinte carbone de ses livres. Celle de cet exemplaire est de : 650g éq. CO_2 Rendez-vous sur www.hachette-durable.fr

PAPIER À BASE DE FIBRES CERTIFIÉES

Photogravure Nord Compo - Villeneuve-d'Ascq

Imprimé en Roumanie par G. Canale & C. S.A.
Dépôt légal : janvier 2015
Achevé d'imprimer : janvier 2015
14.0003.2/01 – ISBN 978-2-01-400291-1
Loi n° 49956 du 16 juillet 1949
sur les publications destinées à la jeunesse